suhrkam[illegible]

Die Liebe zu Indien hatte für Hermann Hesse nichts Modisches, sondern war von Kindheit an ein für ihn lebensbestimmendes Thema. Viele seiner Vorfahren waren dort Missionare, die Mutter wurde in Indien geboren. 1911, im Verlauf einer dreimonatigen Asienreise, hat er die islamische, hinduistische und buddhistische Welt selbst kennengelernt und sie künftig in Reiseberichten, Aufsätzen und Buchbesprechungen immer wieder thematisiert.

Dieser Band versammelt (außer der indischen Legende *Siddhartha*, die als separates suhrkamp taschenbuch 182 vorliegt) seine Erzählungen mit indischen Motiven. Beginnend mit der »Legende vom indischen König« und dem Erlebnisbericht »Indische Schmetterlinge«, enthält er Hesses Abrechnung mit dem missionarischen Kolonialismus »Robert Aghion« und reicht bis zum »Indischen Lebenslauf« sowie der frühen Parodie »Anton Schievelbeyn's Ohn-freywillige Reisse nacher Ost-Indien« im barocken Deutsch des Abraham a Santa Clara.

Der Band klingt aus mit Hesses 1925 geschriebenem Aufsatz »Sehnsucht nach Indien« und einem Nachwort von Volker Michels, das die Genese und Entwicklung von Hesses Indien- und Asienliebe zusammenfaßt.

Hermann Hesse, Erzähler, Lyriker, Maler und zeitkritischer Essayist, am 2. 7. 1877 in Calw/Württemberg als Sohn eines baltischen Missionars und der Tochter eines schwäbischen Indologen geboren, 1946 ausgezeichnet mit dem Nobelpreis für Literatur, starb am 9. 8. 1962 in Montagnola bei Lugano. Seine Bücher sind mittlerweile in einer Auflage von mehr als 120 Millionen Exemplaren in aller Welt verbreitet und haben ihn zum meistgelesenen deutschsprachigen Autor u. a. in den USA, Japan und Korea gemacht.

Hermann Hesse
Sehnsucht nach Indien

Erzählungen

Herausgegeben
und mit einem Nachwort von
Volker Michels

Suhrkamp

Umschlagmotiv:
Zeitgenössische Postkarte (1911) aus Ceylon (Sri Lanka).

suhrkamp taschenbuch 3793
Erste Auflage 2006

Satz: pagina GmbH, Tübingen
Druck: Druckhaus Nomos, Sinzheim
Printed in Germany
Umschlag: Göllner, Michels, Zegarzewski
ISBN 3-518-45793-4
ISBN 978-3-518-45793-1

2 3 4 5 6 – 11 10 09 08 07 06

Inhalt

Legende vom indischen König

Es war im alten Indien der Götterzeit, noch viele Jahrhunderte vor dem Erscheinen Gotama Buddhas, des Erhabenen, da wurde einstmals ein neuer König von den Brahmanen geweiht. Dieser junge König genoß die Freundschaft und Belehrung zweier Weisen, welche ihn lehrten, sich durch Fasten zu heiligen, die dem Blut innewohnenden Stürme seinem Willen zu unterwerfen und sein Denken zum Verständnis des All-Einen vorzubereiten.

Es war nämlich zu jener Zeit unter den Brahmanen ein eifriges Streiten über die Eigenschaften und Befugnisse der Götter, über das Verhältnis des einen Gottes zum andern und über das Verhältnis eines jeden zum All-Einen. Manche Denker hatten begonnen, das Dasein jeglicher Gottheiten zu leugnen, indem sie die Namen der verschiedenen Götter nur als Namen der wahrnehmbaren Teile des unsichtbaren Einen gelten lassen wollten. Andre bestritten diese Auffassung heftig, sie beharrten bei den alten Gottheiten, ihren Namen und Bildern, und sie wollten gerade das All-Eine nicht als etwas Wesenhaftes, sondern nur als einen Namen für die Gesamtheit aller Götter erklärt wissen. Ebenso wurden die in den Hymnen enthaltenen heiligen Worte von den einen als erschaffen und wandelbar, von den anderen als ur-wesenhaft, ja als das allein Unwandelbare aufgefaßt. Hier sowohl wie auf allen andern Gebieten der heiligen Erkenntnis äußerte sich das Streben nach der letzten Wahrheit in einem Zweifeln und Streiten darüber, was Geist selbst und was nur Name sei, obwohl einzelne auch diese Unterscheidung noch verwarfen und Geist und Wort, Wesen und Gleichnis für untrennbare Einheiten ansahen. Beinahe zwei Jahrtausende später haben sich die edelsten Geister des abendländischen Mittelalters über beinahe dieselben Punkte gestritten. Und hier wie dort gab es neben den ernsten Denkern und selbstlosen Kämpfern eine Menge von fetten Pfaffen, die ohne Geist und ohne Hingabe einfach sich dafür einsetzen, daß keine Schwächung des Ansehens von Opfer und Priesterschaft eintrete, daß Freiheit des Denkens und Freiheit in der Auffassung der Götter nur ja nicht dazu führen möge, die Macht und das Einkommen der Priester zu vermindern. Sie sogen das Volk nicht wenig aus; wem ein Sohn oder eine Kuh krank wurde, der bekam für Tage und Wochen die Pfaffen ins Haus und konnte sich an den Opfergaben verbluten.

Auch jene beiden Brahmanen, deren besonderen Unterricht der nach Erkenntnis dürstende König genoß, waren untereinander uneins über die letzte Wahrheit. Da sie alle beide im Rufe außerordentlicher Weisheit standen, betrübte es den König oftmals, ihre Uneinigkeit anzusehen, und häufig dachte er bei sich: »Wenn diese zwei Weisesten über die Wahrheit nicht einig werden können, wie soll da ich, der ich wenig gelehrt bin, jemals ein Wissender werden können? Wohl zweifle ich nicht, daß es nur eine einzige und unteilbare Wahrheit geben kann; doch scheint es selbst für Brahmanen unmöglich, sie mit Sicherheit zu erkennen.«

Seine beiden Lehrmeister aber, wenn er sie hierüber befragte, sagten ihm nur: »Viele sind der Wege, doch nur Ein Ziel. Faste, töte die Leidenschaften in deinem Herzen, rezitiere die heiligen Strophen und denke über sie nach.«

Der König tat willig, wie ihm gesagt war, und machte große Fortschritte im Wissen, ohne doch an das Ziel zu dringen und die letzte Wahrheit zu schauen. Indem er die Leidenschaften des Blutes überwand, alles tierische Begehren und Behagen verabscheute und von Essen und Trinken nur das Notwendigste – täglich eine Banane und einige Reiskörner – zu sich nahm, reinigte er sich an Leib und Geist und vermochte allen Eifer und alle Kraft und

Sehnsucht seiner Seele einzig auf das letzte Ziel zu richten. Heilige Worte, deren Silben ihm früher leer und öde getönt hatten, erschlossen ihm nun die Blüte ihres Zaubers und beglückten ihn mit innigem Trost, und in den Kampfspielen und Übungen des Verstandes erwarb er Preis um Preis. Den Schlüssel aber zum letzten Geheimnis und zum Rätsel alles Seins, den fand er nicht und blieb darüber betrübt.

Da beschloß er, sich durch eine große Übung zu kasteien. Er verschloß sich volle vierzig Tage in sein innerstes Gemach, aß keinen Bissen und schlief ohne Decke noch Kissen nackt auf dem bloßen Estrich. Sein hagerer Leib duftete Reinheit, sein schmales Gesicht glänzte von innen her, seine Augen beschämten die der Brahmanen durch ihre strahlende Reinheit. Und am Ende dieser vierzig Tage lud er alle Brahmanen ein, in der Halle des Tempels ihren Verstand im Lösen schwieriger Fragen zu üben, und für die Gewinner der Preise standen weiße Kühe mit goldenem Stirnschmuck als Ehrengeschenke bereit.

Die Priester und Weisen kamen, ließen sich nieder und eröffneten alsbald die Schlacht der Gedanken und Worte. Sie bewiesen Glied für Glied die genaue Übereinstimmung der sinnlichen und der geistigen Welt, schärften ihren Sinn im Erklären von heiligen Strophen und redeten über das Brahma und den Atman. Sie verglichen das hundertarmige Urwesen mit dem Wind, mit dem Feuer, mit dem Wasser, mit dem im Wasser aufgelösten Salz, mit der Vereinigung von Mann und Weib. Sie ersannen Vergleiche und Bilder für das Brahma, das Götter erschafft, welche größer sind als das Brahma selbst, und unterschieden das schaffende Brahma von jenem, welches das Geschaffene in sich schließt, sie versuchten es mit sich selbst zu vergleichen. Sie disputierten glänzend darüber, ob der Atman älter sei als sein Name, ob sein Name gleich seinem Wesen oder nur eine Schöpfung desselben sei.

Immer wieder hub der König an und versuchte die

Weisen mit neuen Fragestellungen. Allein je mehr die Brahmanen Antwort und Erklärung gaben, desto mehr fühlte der König sich unter ihnen allen einsam und verlassen. Und je mehr er fragte und den Antworten zunickte und den Geistvollsten Geschenke geben ließ, desto brennender erfüllte ihn die Sehnsucht nach der Wahrheit selbst. Diese wurde, wie er wohl erkannte, von allen Reden und Untersuchungen nur umkreist, nie berührt, und in den innersten Kreis drang keiner. Und indem er ihnen seine Fragen aufgab und seine Ehrengaben verteilte, kam er sich vor wie ein Kind, das mit anderen Kindern einem Spiele hingegeben ist, einem hübschen Kinderspiel, über das die Männer lächeln.

Da versank inmitten der großen Versammlung der König mehr und mehr in sich selbst, verschloß alle seine Sinne und richtete seinen glühenden Willen einzig auf die Wahrheit, von der er wußte, daß sie an jedwedem Wesen teilhabe und in jedem schlummere, also auch in ihm, dem König. Und da er rein und schlackenlos in seinem Innern war, fand er mehr und mehr in sich selbst Sättigung und Helle, und je tiefer er in sich versank, desto lichter ward es vor ihm, gleichwie wenn einer in einer Höhle wandert und sich immer mehr, mit jedem Schritt, dem strahlenden Ausgang nähert.

Indessen redeten und stritten die Brahmanen noch lange Zeit unter sich weiter und achteten des stumm und taub gewordenen Königs nicht. Sie erhitzten sich, ihre Stimmen wurden laut und heftig, und mancher mißgönnte dem andern die Kuh, die er zum Geschenk bekommen hatte.

Bis endlich einer von ihnen den Versunkenen bemerkte. Er verstummte und deutete mit ausgestrecktem Finger auf ihn, und sein Nachbar verstummte und tat desgleichen, und dessen Nachbar wieder, und während am Ende der Halle noch einige Gruppen lärmten und redeten, war der übrige Saal totenstill geworden; und endlich waren sie alle verstummt, saßen ohne Rede und sahen den König an. Dieser saß aufrecht mit bewegungslosen Mienen, sein Blick war im Unendlichen, und sein Antlitz strahlte hell und kühl wie ein Gestirn. Und alle Brahmanen neigten sich vor dem Verklärten und erkannten, daß sie da nur Kinderspiel getrieben hatten, während hier in diese königliche Gestalt Gott selbst, der Inbegriff aller Götter, eingekehrt sei.

Der König aber, dessen Sinne in die Einheit verschmolzen und nach innen gerichtet waren, schaute die Wahrheit selbst, die unteilbare, als reines Licht, das ihn mit süßer Gewißheit durchdrang, so wie der Sonnenstrahl einen Edelstein durchdringt, daß er selbst Licht und Sonne wird und Geschöpf und Schöpfer in sich vereint.

Und da er erwachte und um sich schaute, lachten seine Augen, und seine Stirn leuchtete wie ein Stern. Er legte sein Gewand von sich, verließ den Tempel, verließ die Stadt und sein Königreich und ging nackt in die Wälder, in denen er für immer verschwand. *(1907)*

Anton Schievelbeyn's
Ohn-freywillige Reisse nacher Ost-Indien

Ein Plagiat aus dem 17. Jahrhundert

So habe ich, einen Theils zur eewigen Gedächtniß meiner getahnen Sünden, u. eingetrettenen Beßerung, vorauß aber zur Ehre GOttes, des HErrn, alles auffbewahrt u. geschriben, so mir, nach Seiner Fügung, auff meinen merck-würdigen See-Reissen, u. in fremden Gegenden u. Landschafften, begegnet u. auffgestossen ist. Insonderheit die merckenswerthen Woltahten, welcher der HErr in Seiner Barmhertzigkeit an mir großen Sünder u. Elenden außgeübt.

Zu vörderst muß ich in aller Kürtze meiner vorigen Umstende u. Schicksahle gedencken, alss wie ich in gantz zarten Jaren auff See fuhr u. viel seltzahme u. schröckliche Abenteuer gehabt. Alßdann an den Cap de bon Esperance gelangt, woselbst die Niederlendischen ihren, unlengst angefangenen, Wohnsizz ämsig verbeßerten, theils freye, theils unfreye, mich auch auff das Beste auffnamen. Dann war ich derzeiten übel kranck, u. glaubte nicht lenger zu leben. Worauff ich gantz gut genaß, u. sehr frölich war, auch denen Niederlendern gar gerne halff, u. Arbeit taht, auch spehter mein theueres Weib, so damahlen eine Wittib war, geheurahtet. War ein reicher Mann auß mir geworden, u. besaß ein Hauß, u. Acker, u. Waideland, u. zwey hundert africanische Schaafe, weiße u. schwartze.

So bald ich nun bey so erklecklichen Wolstande gelangt war, u. war schon zuvor ein leuchtsinniger Bruder gewest, verfürete mich allso bald der Teuffel, u. fihl allmälig in grossen Hoch-Muth, Freßen u. Sauffen, wolte wol leben, u. wenig arbeiten, Summa war nichts alß Lust, u. Lermen, u. fröliges leben. Hatte gute Freunde genug, u. nur mein Weib blikkte scheel darzu, sties mich offtmalen an, u. sagte, du Fauler u. Bösewicht, sihe bald hohlt dich der Satan, u. mußt verbrennen. Hörte aber nicht darauff. War so gar zornig, u. hette sie geschlagen, förchtete sie aber zu sehr. Sie war über maaßen starck u. ämsig, bettete immer zu GOtt, u. seuffzete jeden Tag, besorgte das gantze Wesen mit Treue, war doch umsonsten, dan alles ward vertahn, u. verzeert. HErr, HErr, verzeye mir in Deiner grossen Gnade, amen.

Maaßen das Weib verstendig genug war, u. keinen anderen Troost erfand, begieng sie amende eine kluge Lißt, wie ich hernacher so gleich erzehlen will. Nehmlich an einem Abend aß, u. tranck ich, mit zwey oder drey guten Brüdern, wie schon offt, u. war nichts, alß Lust, u. Gesang, u. Gelechter im Hauß, gieng auch späht in mein Bette, war ein wenig truncken, u. schlieff so feßt, wie kein Fleissiger. Deßhalben ich ohnmaaßen erschröckte, alß mich gegen den Morgen einer herauß zog, u. fieng an, laut zu schreyen. Aber mein Weib kam herein, u. sagte, sey nur ruhig, es geschiht Alles mit meinem Willen. Da standen vier starcke Männer, die zogen mir meine Kleider an, alles mit der eussersten Schnelle, schleppten mich hinauß, u. sezzten mich auff ein Waagen, wurde so gleich angebunden, u. war in einer grossen Todes Angst, fragte kläglich, was mit mir geschähe. Mein gutes Weib weinte u. sagte mit Schmertzen, du mußt nun abschiedt nemen. Nam abschiedt, küsste sie mit lautem Weinen. Die Männer stiegen nebenst mir auf den Waagen, gaben mir keine Antwortt. Und fuhren im schnellesten Trapp in den Haaffen, entbandten mich von der Bankk, brachten mich auff ein niederlendisches Schiff, gaben mich dem Haubtmann. Sie stekkten mir ein Brieff in die Hand, schryen adieu, giengen an das Land zurück. Ich wolte schnelle nach, aber wurde feßt gehalten, u. blieb in grossem Elende auff dem Schiff. Spähter wurde noch für mich eine kleine Kißte gebracht, u. eine Stunde nach mittag geschah ein Schuss, u. wir lieffen in die See.

Alßbald kamen die Leute, namen mich, u. mußte Dienste tuhn, war ein Matrose auß mir geworden, dergleichen ich in jungen Jahren schon gewesen, u. hatte nie gedacht nochmalen einer zu werden. Diser Tag, welcher mir der traurigste in meinem Leben zu seyn dünckte, war der 23. Maymonaths, im Jar sechszehnhundert 58. Bald erfur ich von meinen Kameraden, daß das Schiff, so auß ihrem Vatterland her gekommen, nacher Batavia bestimmt sey. Wir hatten vatterlendische Wahren an Bort, u. mehrerley Herrschafften, welche zum theil reisslustige, oder auch gelehrte Herren u. Doktores waren, war auch Mr. Walter Schultz auß Amsterdam dabey, ein Artzt, u. gelehrter Herr, welchem spehter mein Leben dancken dorfte.

Kaum daß ich eine freye Stunde hatte, so nam ich meinen Brieff, darauff stand, »an meinen lieben u. werthen Ehe-Herrn, Herrn Anton Schievelbeyn«. Aber innen dem Brieffe stand allso: »Du mußt jetzo abschiedt nemen, was mich gar betrübt, kann aber nicht anderst. Mit Freßen u. Wollust ist kein Christlich leben, u. musstest bald zur Hellen faren. Dises soll nicht seyn, u. habe dich diserhalb auff ein Schiff geschikkt, daß du nüchtern wirst, u. wider arbeitten lernst. Mit Gottes Hülffe magstu wider gut werden, u. mit großen Freuden heymkehren. Bette fleyssig, u. schreibe mir ein Brieff, wann du nacher Batavien kömmst!«

So sah ich dann wol, daß ich von meinem Weibe war überlistet worden. Dieß gefihl mir nicht, u. fluchte ihr, u. beschloss nicht wider heym zu faren, sondern beschloss in frembde Gegenden zu reißen, u. daselbsten zu bleyben, so lang es mir gefallen mögte. Verstokte allso mein Hertz, u. war guter Dinge, u. nur der schweere Dienst war mir unlieb, u. widerwertig. Darauff schloss ich Freundschaft mitt denen Schiffsleuten, u. war gantz ohnverzagt. Wie dann ein Jeder guter Seemann, auch wann selbiger lange zu lande war, stäts auff's Neue voll Freude, u. Courage ist, so bald er das feßte Land verleßt, u. wider über Waßer seegelt. Wann ich alles wolte erzehlen, was mir unter Wegs zugestossen, u. erlebt habe, könnte ich leicht kein Ende finden. Will aber nur in größter Kürtze auffzehlen.

Alß wir den 39. oder 40. Grad süder Poli erreicht hatten, fiengen gefehrliche West-Winde an zu wehen. Die Lufft war kalt, u. voll tunckler Wolcken; offt genug stürtzete Haagel auff uns, auch Schnee; doch war der Wind uns günstig, da wir nacher Ost-Indien wolten. Wir furen erschröcklich schnelle, wol 45 Meylen am Tag, bey 14 Tage. Da fihl ein grausahmer Wind, gleich wie vom Himmel, über unser Schiff, welchen man Orcan nennt, u. flog zu Erst rundumb den Compass her. Konnte keiner den andern mehr erhören, wurden alle elend und schryen, wir versincken! Betteten mit sonderbahrem Eyfer, HErr, HErr, hilff uns! u. waren durchauß verzweyflet, biß die lengst erwünschte Morgen-Stunde an brach. Da fasseten wir einigen beßeren Muth, u. der Sturm lies nach. Aber Viele von uns wurden kranck, hatten grosse Hizze, u. Tob-Sucht, u. beyde Wundtärtzte waren bestendig am Werck. Da lag auch ich armer Sünder, in grossen Ängsten, meynte zu sterben. Da wolte ich in mich gehen, seuffzete u. fieng an zu betten. GOtt seegnete aber die Artzeney-mittel, so mir oben bemeldter Mr. Schultz dargereicht, u. genaß nach 6 Tagen, war auch sogleich wider frölig, u. vergass alles. Aber ein reicher Kauffmann-Sohn war auch tobsüchtig, diser stürtzte sich in das Waßer, wurde ämsig nach geforscht, u. blyb aber verlohren.

Unter dessen geriethen wir in die Süd-Ost-Winde, u. konnten nicht in das erwüntschte Batavia kommen, trieben umbher. Kamen in den See-Busem Sillebar, auff Sumatra. Aber ich kann nicht auffzehlen, was dort geschah, will nur erwehnen, daß die Indianer, deren etliche Orankay hiessen, betriegerisch u. treulos gewesen. Daselbst wachsen Indianische Nüsse, Feygen, Pomerantzen, u.

dergleichen, bekamen aber nichts, denn nur ein wenig süß Waßer, u. die Indianer erschlugen uns zwey gute Dollmetscher, die waren um Milch, u. Eyer, auff den Marckt geschikkt. Darauff geriethen wir immer wider in widerwertige Winde, mussten bißweylen 7mahl im Tage Ancker werffen, u. war schon im September.

Aber endlich kamen wir am 5. Octobris, in dem weitberühmten Batavia an. Dorten kam sogleich der Herr Fiscal auff das Schiff, ob wir frembde Wahren darauff verborgen hätten. Und kamen viele heydnische Sineser, von denen viel in Batavia wohnen, kaufften Wahren, brachten Klapper-Nüße, Citronen, Feygen, u. ich lag abermahls drei Tage kranck, von zuvilen Eßen. Dann mußten wir das Schiff ausladen, u. solte dasselbe sogleich nach dem Mußkaten-Lande, Banda, seegeln. War auch schon alles bereit, ich wollte aber in dem herrlichen Batavia bleyben, bekam mein Geldt, u. nam abschiedt. Da kam ein Schiffs-Herr, mußte nacher Holland retour fahren, u. wollte mich in Dienst. Da konnte ich heymkeeren, u. zu meinem Weibe gehen, war aber verstokt, u. mogte nicht, schien mir hergegen die Statt Batavia über maaßen köstlich zu seyn, u. beschloss da zu bleyben.

Vorauß erstauneten mich die obgemeldten Sinesen. Selbige tragen das Haar unmenschlich lang, was ein alter Gebrauch bey disem Heyden-Volk ist. Und wann einer sein Haar abschneydet, der verfallt in solchen Hass bey den Sinesen, daß ihm von keinem einige Liebe erwiesen wird. Auch siehet man sie ohne Unterlaß spiehlen u. doppeln, u. verspiehlt mancher, in kurtzer Zeit, Hab u. Guth, Schlaven u. Schlavinnen, ja selbst Weib, u. Kinder, welche der andere zu Schlaven macht, oder die Schönste zur Beyschläfferinn behält. Rauffen sich die Barthaare auß, daß wer sie zu erst erblikkt, meynt er, sie seyen Weibsbilder, wodurch auch viel geyle Schiffsleute sind betrogen worden. Sie begraben ihre Todten an einem besondren Orthe vor der Statt, in gewelbten Mauren, wobei sie ungemeyn viel köstliches Eßen, Gewürtze, nebst bemahltem Papir dem Teuffel auffopfern.

Gantz anders sind die Indianer beschaffen, von welchen offtmahlen einige gemartert, u. von unten auff geredert werden; dann sie geniessen soviel Opium (ein gefehrliches Gewürtz), biß sie gantz rasend werden. Alsdann lauffen sie dorch die Gassen, u. schreyen Amockk, daß bedeutet, daß sie jeglichen umbringen wöllen, der ihnen begegent, u. bringen offt viele um, werden alßdann geredert. Dan die Justitz leydet solche Gottlose Unsinnigkeit nicht.

Nun gedachte ich, was in meinem Brieffe stand, daß ich nehmlich von Batavia einige Nachricht meinem Weibe sollte schikken. Trug auch ihren Brieff stäts bey mir, mogte aber nicht schreiben, zürnte ihr noch immer, u. gedachte sie gantz zu verlaßen. Je mehr ich an mein, früher gehabtes, ergetzliches Wolleben zurükk gedachte, je schlimmer gefihl mir die Lißt, daß sie mich mit Gewalt fortgebracht hatte. Demnach begab ich mich in ein Hauß, allwoselbst viele See-Leute auß mehrerley Lendern, wohnen, u. ein faulles Leben füren, fand daselbst Hollender, Teutsche, u. Frantzosen. Soffort ward ich gutt auff genommen, u. feelte mir an nichts, war auch bald der lustigste von Allen. Spiehlen, Lermen u. Trincken war jeden Tag, gab auch Weibs-Persohnen, Tantz u. viele Freuden aller Art; kamen Indianer, u. Sineser, mit Saitten-Spihl, u. Wunder seltzahmen Täntzen, so wie Comoedie, alles auff's Beßte gezihret, mit heftigem Gesange.

Leyder muss ich bekennen, daß ich, von eim alten Matros verfüret, zwey mal von dem heydnischen Giffte Opium genooß, erkranckte auff das eusserste, genaß aber orntlich, u. lies mir nie mehr daran gelüßten.

In demselben Hauße, wo ich Abstieg genommen hatte, u. welches einem Niederlender gehörte, war eine indianische Magd, hieß Sillah, gar schön, und fein an Gliederen, u. nicht all zu tunckel geferbt, gefihl mir sonderbahr, wolte aber nichts von Matrosen wißen. Dieselbige war türckischen Gläubens, maaßen sie von der Statt Japare gebührtig war.

Offtmahlen gieng ich in der Statt herumb, theyls eintzel, theyls mit denen Kumpanen, besahe viele u. erstaunliche Rariteten, auch Tempel, heyliger Oerther, frembde Bäume u. Pflantzen, Palmen u. Negel-Bäume. Ueber disem vergieng mein Geldt, u. Haabe, nicht anders dann Merzen-Schnee. Wolte aber nicht wider Schiffs-Dienste nemen. Da begegnete mir wider einmahl die selbe Sillah, u. sagte Schmeicheleyen zu ihr, ob sie nemlich mir nicht wölle ein Kuss geben. Antwortete, nein, es sey dan daß ich sie heurathe. Dannenhero ich hefftig lachen musste, lies das Mähdgen lauffen.

Im January giengen aber die mehrsten von mein Kumpanen wider in Dienste, ein jeder auff ein Schiff, verliesen mich, in grosser Freundschafft u. Trehnen. Da blyb ich gantz allein, hatte kein Geldt, u. seuffszete mildiglich, wusste nicht was tuhen, u. wohin gehen.

In dieser betrübten Zeyt kam ich nochmahlen zur Sillah, fragte, ob sie mich heurathen wölle. Dan ich hatte niemanden gesagt, daß ich kein leediger Mensch were, sondern schon lang ein Ehe-Mann. Das Mähdgen sagte, Ja, aber daß wir in Batavia nicht heurathen könnten, sondern müssten auf ein andere Insul wohnen. Darumb suchte ich ein Dienst, nam Handgeldt bey eim Haubtmann, welcher sollte nacher Amboina faren, u. seyn Schiff hieß Henriette Louyse. Auch das Megtelein verdingte sich auff dieses Schiff, maaßen ich den Haubtmann darum baht. Wir fürten Reiß u. Zukker, u. dasselbe Schiff sollte Gewürtz-Negel, benebenst Mosckat-Nüße, nacher Batavia, Retour bringen.

So furen wir am 7. February dahin, verhoffte auff disen Insuln einen guten Dienst zu finden, bey der Hochlöblichen Ost-Indischen Compagnie, welche ambition hernacher auch würcklich erfüllet wurde. Was Alles auff diser Reiße geschah, u. wir gar viel erduldeten, mag ich nicht alles herzehlen, nebenst Ohn-Gewittern, Sturm u. eusserste Gefaren, so wir bey Zunda, und sonsten erleyden mussten; u. kamen öfters in so schweere Noth u. Bedrengniß, daß wir alle betteten (ohne meine Sillah, dann die hatte den Mohren-Glauben) u. so gar die muhtigste Matrosen, u. arge Sünder, u. Flucher, mildiglich zu weynen an fiengen. Verlohren zwölff Persohnen, darunter ein Edelmann. Diser war ein Vetter von dem Gouverneur von Tarnaten, welches eine kleyne Insul ist, und stehet daselbst ein brennender Berg. Er hieß Herr Korss, fihl über Bord in das Wasser.

Summa nach allen disen, schweeren Nöthen lieffen wir am 24. Maymonaths in Amboina an das Land, bei dem Schloss Victoria. Dorten verlies ich samt der Sillah das Schiff, welches nur Waßer und Speise auffnam, u. sogleich biß zu einem andren Haaffen weiter fur. Beriethen uns nun, was zu tun were. Dan das Mähdgen hatte mir schon zuvohr gesagt, daß sie bereit were, im nöthigen Fall das Heydentum abzustreiffen. Hielten es aber nun vor beßer, unseren wahren Stand geheym zu halten. Allso gab ich an, sie were mein Ehe-Weib, haben diser maaßen keinerley Hochzeitt begangen, noch leegte Sillah ihren türkischen Glauben nider. Wofor mich GOtt der HErr, in Seiner Gerechtigkeyt, spehter heymgesuchet, u. schweer bestrafft hat.

Meldte mich in dem Schloße Victoria, bei dem Herrn Gouverneur, nahmens Hutsert, baht umb Dienste. Diser Herr, nach dem er meine lügenhaffte Berichte angehöret, wies mir einen Garten und kleynes Schilff-Häußchen an. Dort wohnte ich von nun an, mit meiner Indianerinn.

Die erste Zeit war es gut, wir rueten von den Gefehrlichkeyten auß. Ergieng mir gantz wol, dan die indianische Weiber sind gewohnt, für die Manns-Leute zu sorgen. Hatte jeden Tag genug zu essen, wann ich gessen hatte, lag ich unter der Hütte, plaagte mich wenig. Die Sillah taht im Garten Arbeit, samlete die Cockos-Nüße, auch Sagouw u. Negelckens. Wohnten beysammen faßt ein Jar, in solcher Weise.

Zu jener Zeyt fing es mich an zu gereuhen, daß ich nicht mehr auff meinem Hoffe, am Taffel-Berge, saß, u. sehnete mich, wider heym zu kommen. Nehmlich es fehlte mir wenig, gieng mir gut genug, war aber ohnzufrieden. Bekam eusserst selten etwas anders zu eßen, als Sagouw u. Pynang, auch gesalzte Fische, verdross mich also diser Speyßen immer mehr. War auch nicht mit Sillah copulieret, machte mir ein schweeren Vorwurff, maaßen selbe eine Gott-lose Heydinn war.

Nachdem ich öfftere mahle umbsonst versucht, stieg ich im Mertzen 1660, ohn-vermercket, allein auff ein niederlendisch Schiff, so mit Mosckat-Nüßen nacher Batavia zurück kehrte. War hertzlich froh, alß wir immer weiter kamen, wünschte der guten Indianerinn Glück und Segen, vermeynete bald wider bey meinem würcklichen Ehe-Weibe zu seyn. Ich hatte aber in meiner Schwachheit nicht an Gottes Fürsehung gedacht. In grosser Bälde stürtzeten ungünstige Winde wider uns, wir konnten die Seegel nicht gebrauchen, warffen bestendig Ancker auß. Diser maaßen war nach einer Zeyt, kein süsses Waßer mehr in dem Schiff, kamen in erschröckliche Noth. Viele wurden kranck, winsleten, und klaagten elendiglich. In disen forchtbahren Jammer erblicketen wir ein Insul, warffen Ancker, sezzten eilig ein Boht auß, darinn bey fünfzehn Mann giengen, u. war ich mit dabey. Ruderten mit Macht gegen die Küßte, aber funden selbige steyl, u. gebürgigt, u. keine Hofnung, an das Land zu kommen, maaßen die Seestürtzung so entsezzlich war, daß wir beförchteten, daß an denen Felsen das Bootgen zerbrechen, u. das unterste oben gekehrt werden mögte. Alßbald sanck unsere Hofnung gäntzlich. Aber eynige von uns, u. auch ich selbsten, weill wir schwimmen konnten, sprungen über Bort, u. kamen glükklich durch die Stürtzung auff das Land, nur Einer gieng dabey verlohren. Alßbald lieffen wir zu eim klaaren Bache, lobten GOtt u. trancken ein jeder soviel er konnte. Darnach wollten wir an den Strand zurükke lauffen, u. denen in dem Bohte zu ruffen. Da sahen wir, zu unserem grössesten Schrekken, daß kein Boht mehr da war, u. wussten nicht, ob es vom Wind vertriben, oder gantz versunken were. Rieffen u. schryen mit eusserster Krafft, war umbsonsten. In disem entsezzligen Augen-Blikk erschracken wir so sehr, daß wir zu Booden fiehlen, u. gleichsahm ent-seelt da lagen, dann unsere Umbstende waren so armseelig, daß wir nicht erhoffen konnten, lang zu leben, u. wider in bewohnte Lender zu kommen.

Biß auff disen Tag habe ich niemahls erfahren, wohin unser Boht gekommen sey, glaube, es sey ertruncken. Wir waren fünff Männer, schryen noch bey zwey Stunden, u. blikkten auff das stürmende Waßer, weyneten laut, u. rieffen umb Hülffe. Beriehten sodann, was wir tuhn söllten, wussten kein Rath, verblyben die Nacht u. einen Tag an dem Orthe, u. weren bald for Hunger gestorben, dann wir funden nichts zu eßen. Nach diser Zeyt sagte einer, der hieß Köllen, er möge nicht lenger da bleyben, wir sollten mit ihm gehen, umb nicht gar zu verhungern. Ich war bereit, und noch einer, der hieß Karlsen, aber die übrige zwey wolten nicht, vermeynende, daß unser Boht zurük kommen würde. Allso trenneten wir uns, unter vielen Trehnen, auff das zärtligste, liessen die Beyden an dem Uffer, u. giengen in das Land. Es waren aber steyle, schröckliche Gebürge auf allen Seiten, wir assen Bleter von eim unbekannten Baum, umb uns zu erkrefften. Darauff fiengen wir an die mühsählige Höhen zu ersteygen, kamen an Schauderhaffte Felsen, u. Klüffte, höreten wilde Stürzt-Bäche braußen, u. blyben am zweyten Tage gantz entkrefftet liegen, konnten nicht weiter dringen. Der Hunger plahgte uns entsezzlich, ich were gar danckbahr gewesen, wan ich eine Schüßel Pinang, von der guten Sillah, jetzt hätte haben können.

Wir lagen die gantze Nacht auff denen Felsen, sahen den sichren Todt vor unsren Augen, rieffen zu GOtt, in tieffester Bedrengniß. Niemahls ist ein Christliches Gebett vergeebens, auch, wann es gantz fruchtlooß zu seyn scheinet. Der barmhertzige Vatter erhörete unser Winselen in der Einöde. Wir faßten neuen Muth, u. schlugen eine andere Richtung ein, damit wir kein Erlöösungs-Mittel verseumen mögten. Funden einige Wurtzeln, u. Kräutter, trancken aus den gefehrlichen Bächen, nicht wissend, ob Crocodillen darin seyen. In dem neherten wir uns wider der Küßte, aber an eim anderen Plazz.

Unterdessen wir also in der größten Gefahr schweebten, wurden wir am Uffer eines kleynen Fischer-Schiffgens gewahr, Canoa genannt, worüber wir uns zum höchsten erfreueten. In Kürtze entdekkten wir auch ein Fußpfad, welchem wir mit sonderbahrem Eiffer folgten. Bald hernach, funden wir eine kleyne Fischers-Hütte, in dem dikken Gebüsche, darinn war ein alter indianischer Einsideler, welcher sich in diser Wüßte vom Fischfang ernehrte. Da derselbe uns sah, erstarrte er gleichsahm für Schrekken, dan wir waren so durchauß erschöpfft, u. krafftloß, daß wir ähnlicher todten, alß lebendigen Menschen schienen; über dem hatte er (nach allem Vermuhten) noch niemals einige weisse Menschen gesehen. Einer von uns, Nahmens Karlsen, redte ihn auff's höfligste, in der malaischen Sprache an, erzehlte unser beklägliches Unglükk. Der Einsideler sezzte uns gedorrete Fische, u. Reiß vor, u. nöthigte uns zu essen. Wir bedanckten uns hertzlich, lobten GOtt für solche ohn-verhoffte Gnaade. Wir fiengen an zu eßen, jedoch fürsichtig, in Betrachtung, daß unser Inngeweyde von Faßten, gleichsahm verdörret war. Bezeigten uns recht dienstwillig, giengen, nach empfangener Belehrung, auff die Jagd, in eim kleynen Canoa, was uns herrlich glükkte. Bey disem guten Indianer bliben wir mehre Monathe, fiengen Fische, u. trokkneten sie auff denen Felsen, pflantzten ein wenig Reiß, u. litten keine Noth. Wurden aber mit jedem Tage trauriger, dan wir funden keine Hoffnung, von disem Orth hinweg, u. in andere Lender, oder in unser Vatterland, zu gelangen. Unsere Kleider fihlen gantz auß einander, unsere Haare u. Barth wurden immer lenger, Summa, man hette uns eher vor Indianer, oder vor Wilde u. Wald-Teuffel, alß vor etliche Christliche Persohnen angesehen. Offt genug sprach keiner ein eintziges Wort, saßen viel mehr gantz still bey einander, weineten sanfft, u. wussten keinen Trohst.

An einem Abend, da ein starker Sturmwind, u. Reegen war, lagen wir alle in der Hütte, konnten nicht schaffen, u. hatten ein kleynes Feuer angebrennt. Da stund einer auff, warff ein Stükk Holtz in die Gluth, u. sagte, jeder von uns soll seine Geschichte u. Erlebniß erzehlen, begann auch selber darmit, u. erzehlte alles, was er wusste. Darnach der Zweyte, darnach ich, u. habe in meinem Leben niemahls so viele, u. schröcklige Historien gehöret, alß an diesem Abend. Dann jeder von uns hatte vielerley erlidten, Schiff-Bruch, Gefahren, Hunger, Krankheyt, auch fremde Völker u. Stätte gesehen, in allen Lendern.

Als ich aber alle meine Sachen treulich hergezehlet hatte, fiehlen Beyde mit Worten auff mich her, u. rieffen, du Bösewicht, du Gottloßer Mensch, was hast du getahn, hast zwey mahl die Ehe gebrochen. Ich schrye wider, war trotzig, u. wolte nichts hören. Hernach ward ich aber sehr traurig, erkannte plözzlich meine Laßter, u. Verbrechen, kniete nider, weinte u. bettete heftig. Da knieeten auch die Zweye nebenst mir auff die Erde, wir klaagten laut, u. bahten inbrünnstig, daß wir wider von der Insul, u. unter Christen-Leute in unser Vatterland kommen mögten, maaßen wir so viel Armuth, Kummer u. Ungemachligkeyten erduldet hatten. Die Erkänntniß meiner Übeltahten drükkte mein Hertz alß wie ein Gebürge, ich baht meine Freundte, verzeyet mir meine Sünden, um welche GOtt uns alle so hart bestraffet. Da tröhsteten sie mich auff's liebligste, verzyen mir beyde, u. halffen mir recht mit Betten und Seuffzen.

Hin u. wider erforschten wir öffters dise Gegend, funden aber kein Ausweeg, oder Rettung, auch waagten wir nicht, in dem ärmlichen Canoa oder Böötgen weiters auff das Meer zu gehen. Zwei mahl erblikkten wir ein Schiff, da lobten wir GOtt, schryen u. winckten, zündten ein grosses Feuer an, war alles vergeebens. Warffen uns verzweyfflendt auff die Erde, vergoßen heisse Trehnen, Wehklaageten. Und alß wir waren eine lange Zeyt dorten gewesen, so starb der alte Indianer, zu gröstem Schmertze, u. begruben ihn, bedenckend, wie das wir alle ihm allein unser Leben schuldig waren. Sezzten auch ein Ebenhöltzerne Taffel auff das Grab, maaßen in disem Lande viel solche Höltzer funden werden.

In unserer Noth, dann keiner von uns lenger in diser frembden, u. wilden Gegend bleyben wolte, stiegen wir nach vielen hertzlichen Gebetten in das kleyne Canoa, wol wissent, daß wir geringe Hoffnung hetten, lebendig über das Meer zu kommen; wolten es dennoch versuchen, weill sonsten keine andere Rettung war. Allso begaben uns, in das Schiffgen, nahmen trokkene Fische, u. Reiß, u. Sagouw zu Eßen mitt, hatten ein kleynes Seegel auff gezogen. So fuhren wir in das weite Meer hinauß, war aber keine Aussicht, an ein ander Land zu faren, hofften aber und vermeynten, wir mögten eim anderen Schiff begeegnen, das uns, in seinem bey sich habenden Boot, abhohlen u. erlösen dörfte.

Alß wir zwey Tage geseegelt u. gerudert hatten, sahen wir ungeheure, schwartze u. braune Wolcken entstehen, welches Waßerziehende Wolcken waren, alß welche das Waßer auß der See an sich reissen, auch Waßer-Hoose genennet. Bey disem greuligen Anblikk verlohren wir allen Muht, warffen uns in dem Bohte nider, klaagten u.

rieffen umb Hülffe. Und GOtt erbarmete sich, in Seiner Gnaade, u. sendete ein engellendisches Schiff. Jedoch kaum hatten wir dises Werckzeug Seiner Barmhertzigkeyt entdekkt, da fihl eine Wolcke auff uns, mit einem ohn-beschreyblichen Sturm, u. Getöse, so daß das Canoa umbher gewirblet, u. zu underst gekerrt, u. gantz in kleyne Stükke geschlagen u. zertrümmert ward. Und ich hörete meinen Freundt Köllen laut ruffen, Jezzt sey GOtt uns gnädig, wir sind alle des Todes!

In solcher, eusserster Angst, u. Todesgefahr, sezzte das frembde Schiff ein Ruder-Booth hinauß, mit fünff Männern, die erretteten uns mit Gefahr des eygenen Leibes, aber nur mich u. den Köllen. Der dritte, nahmens Karlsen, war schon ertruncken, u. war die Wellen-Stürtzung so gross, daß wir nichts mehr von ihm sehen konnten. Wir beyde waren völlig erschöpfft, wurden auff das Schiff transportiert, welches ein engellendisches Fluyt-Schiff war. Danckten disen Leuten von Hertzen, knyeten nider, lobten GOtt. Sofort wurden wir in ein Bette gebracht, bekamen Wein u. Artzneyen, u. am nächsten Tag war ich wider gantz bey Krefften gekommen. Da gieng ich auff dem engellendischen Schiff herumb. Aber plözzlich erschrakk ich auff das hefftigste, dan bey denen Passagiren erblikkte ich meine Sillah, welche ich vordem auff Amboina treu-looß verlaßen hatte. Sie erkannte mich aber nicht wider, maaßen mein Bahrt biß an den Gürttel hieng, auch war mein Gesicht schwartz u. wild geworden, u. hette mich, wie auch meinen Kameraden, Niemand for ein Christen-Menschen angesehen. Verhielt mich allso gantz stille, versteckte mich vor ihr.

Seyne Mayestet der König von Engelland war aber zu diser Zeyt nicht im Frieden mit denen Niederlendern, diser maaßen konnte das Schiff nicht in Batavia zu Haven gehen. Ich erzehlete dem Haubtmann alles, was uns widerfahren, u. ergangen war, u. fihlen alle, auch eynige fürneme Persohnen, in ein nicht geringes Erstaunen, auch

Mittleiden, alß sie dis alles erfuhren. Da bat ich den Haubtmann gantz hertzlich, nemet mich biß nach dem Cap mitt, wo meine Heimath ist, erboht auch freywillig meine Dienste. Diser gute Herr gab mir Erlaubniß, schikkte mich allso gleich in eine Kammer, befal mich zu scheeren, u. wider in etwas zu einem Menschen, wie zuvor, zu machen. Danach hatte ich lengst Verlangen gehabt, gehorchte dennoch wider-willig, dann ich fürchtete, daß mich alsdann die Sillah wieder kennen werd. Hatte große Furcht vor diesem indianischen Mähdgen. Gehorchte aber, u. sie kannte mich nicht, dann mein Eusseres sich so sehr verwechslet hatte.

Auff diser grossen, u. überauß gefehrlichen Reisse, geschah uns noch viel Widerwertigkeyt u. Unglükk, was ich verschweygen will, maaßen schon so lang, u. vielerley berichtet, u. geschriben habe, damit ich mehr alß genug getahn. Kamen endlich an das Cap, u. ich sahe den Taffel-Berg nach so langer Zeyt wider, weynte hefftig, wußte auch nicht, ob mein Weib, u. meine Freundte noch bey Leben seyen, zitterte sehr. Nam mit vielem Danksagen Abschiedt, küsste u. umarmbte den guten Köllen, in großer Treue u. Schmertz. Dann gieng ich auff das Land, war fünff Jahre fort gewesen. In der Statt kannte mich Niemand, war da eine grosse Strasse neu erbaut, viele andere Verwechslungen, u. Neuigkeyten nicht zu rechnen. Ich lieff durch die Statt, u. alle Gassen, alß were ich ein Frembder, u. hette selbe noch nie erblikkt. Darnach gieng ich auff das Feldt, auff der selbigen Strasse, darauff vor fünff Jaren ich war hinweg gefüret, weinte von großer Freude, u. Bangigkeyt. Da sah ich, daß meine Lendereyen u. Besizz in beßten Stand waren, auch Wein u. Maiß, u. sehnete mich von Hertzen, dises wider zu besizzen, auch mein theures Weib wider zu sehen, u. an mein Busem zu drükken.

Nach einiger Zeyt erreichte ich mein Hauß, musste still stehen, vor Angst und Zittern. Da hörete ich viele, klähgliche u. jämmerliche Töne, Weinen, u. Geschrey, in dem Hauße, wusste nicht, was es sey. In dem ich noch allso stand, u. mich nicht getrauete, gieng auff einmal das Tohr auff, u. trat mein Weib herauß, weinte hefftig, sahe mich aber nicht. Da gieng ich zu ihr hin, u. strekkte meine Hand hin. Da rieff sie, wer bistu? Ich sagte, siehe mich an, ich bin dein Gemal, u. bin fünff Jar auff Reissen gewesen! Da kennte sie mich auch, u. erschröckte sich. Fragte ich, Weib warum weinstu so, u. bist traurig? Sie hieß mich aber schweygen, füret mich in das Hauß, fürete mich aber nicht in die Stuben, sondern in ein Magazin, auf dem oberen Booden. Da verschloß sie die Tühre auff das sorgfeltigste, befal mir, daß ich alle meine gehabte Begegniße treulich, u. wahrhafftig erzehlete. Ich erzehlete ihr alles, nur daß ich, auß mehren guten Ursachen, nichts von der Sillah aussagte, noch von dem Opium. Sie sagte, warum hastu mir nicht geschrieben? Hernacher weinte sie wieder auff's Neue, sagte, höre mich an!

Da erzehlte sie mir alles, was geschehen war. Sie hatte aber zwey Jar auff mich geharret, in guter Treue, alßdann hatte sie ein andren Mann genommen. Der selbige hiess nahmens Ehlers, dem gehörte nun mein Weib, u. Hoff u. Guth, u. alles, was zu vorigen Zeyten, war mein Eygenthum gewesen. Aber jezzt lag diser Hr. Ehlers im Sterben, darum hatte die Frau so laut geklaagt, u. geschluchtzet. Sie sagte, bleybe hier verstekkt, biß er gestorben ist. Und ich blieb in dem Magazin verborgen, fünff Tage u. Nächte, in grosser Bedrengniß u. Jammer; lobete aber den HErrn in meinem Hertzen, vor Seine wunderbahrliche, gnädige Führungen, dankete ihm mit grossem Fleisse. Da nam ER bald den Hrn. Ehlers zu sich, in Seine Himmlische Wohnungen.

Hernacher gieng ich mit Sorgfalt auß diser schlechten Kammer hervor, zog ein schönes Kleidt an, war wider gäntzlich ein Ehe-Mann, u. reicher Herr, worden, hertzete mein frommes Weib mit Freuden, tröhstete sie, in ihrem Kummer. Fihl herentgegen niemahlen in die vorige Laßter zurükk, als Hoch-Muth, u. wüßte Völlerey, lebte in guten Züchten. Darinnen helffe mir GOtt fürders in Seiner ohn-erschöpfflichen Gnaade. Amen. HErr hilff, o HErr, lass wol gelingen! Amen. *(1905)*

Robert Aghion

Im Laufe des achtzehnten Jahrhunderts wuchs in Großbritannien eine neue Art von Christentum und christlicher Betätigung heran, die sich aus einer winzigen Wurzel ziemlich rasch zu einem großen exotischen Baume auswuchs und welche einem jeden heute unter dem Namen der evangelischen Heidenmission bekannt ist.

Für die von England ausgehende protestantische Missionsbewegung war äußerlich nicht wenig Grund und Anlaß vorhanden. Seit dem glorreichen Zeitalter der Entdeckungen hatte man allerwärts auf Erden entdeckt und erobert, und es war das wissenschaftliche Interesse an der Form entfernter Inseln und Gebirge ebenso wie das seefahrende und abenteuernde Heldentum überall einem modernen Geist gewichen, der sich in den entdeckten exotischen Gegenden nicht mehr für aufregende Taten und Erlebnisse, für seltsame Tiere und romantische Palmenwälder interessierte, sondern für Pfeffer und Zucker, für Seide und Felle, für Reis und Sago, kurz für die Dinge, mit denen der Welthandel Geld verdient. Darüber war man häufig etwas einseitig und hitzig geworden und hatte manche Regeln vergessen und verletzt, die im christlichen Europa Geltung hatten. Man hatte eine Menge von erschrockenen Eingeborenen da draußen wie Raubzeug verfolgt und niedergeknallt, und der gebildete christliche Europäer hatte sich in Amerika, Afrika und Indien benommen wie der in den Hühnerstall eingebrochene Marder. Es war, auch wenn man die Sache ohne besondere Empfindsamkeit betrachtete, recht scheußlich hergegangen und recht grob und säuisch geräubert worden, und zu den Regungen der Scham und Entrüstung im Heimatvolk gehörte auch die Missionsbewegung, fußend auf dem schönen Wunsche, es möchte den Heidenvölkern von Europa her doch auch etwas anderes, Besseres und Höheres mitgebracht werden als nur Schießpulver und Branntwein.

Es kam in der zweiten Hälfte des vorvorigen Jahrhunderts in England nicht allzuselten vor, daß wohlmeinende Privatleute sich dieses Missionsgedankens tätig annahmen und Mittel zu seiner Ausführung hergaben. Geordnete Gesellschaften und Betriebe dieses Behufes aber, wie sie heute blühen, gab es zu jener Zeit noch nicht, sondern es versuchte eben ein jeder nach eigenem Vermögen und auf eigenem Wege die gute Sache zu fördern, und wer damals als Missionar in ferne Länder auszog, der fuhr nicht wie ein heutiger gleich einem wohladressierten Poststück durch die Meere und einer geregelten und organisierten Arbeit entgegen, sondern er reiste mit Gottvertrauen und ohne viel Anleitung geradenwegs in ein zweifelhaftes Abenteuer hinein.

In den neunziger Jahren entschloß sich ein Londoner Kaufherr, dessen Bruder in Indien reich geworden und dort ohne Kinder gestorben war, eine bedeutende Geldsumme für die Ausbreitung des Evangeliums in jenem Lande zu stiften. Ein Mitglied der mächtigen Ostindischen Kompagnie sowie mehrere Geistliche wurden als Ratgeber herbeigezogen und ein Plan ausgearbeitet, nach welchem zunächst drei oder vier junge Männer, mit einer hinlänglichen Ausrüstung und gutem Reisegeld versehen, als Missionare ausgesandt werden sollten.

Die Ankündigung dieses Unternehmens zog alsbald einen Schwarm von abenteuerlustiger Mannheit heran, erfolglose Schauspieler und entlassene Barbiergehilfen glaubten sich zu der verlockenden Reise berufen, und das fromme Kollegium hatte alle Mühe, über die Köpfe dieser Zudringlichen hinweg nach würdigen Männern zu fahnden. Unter der Hand suchte man vor allem junge Theologen zu gewinnen, doch war die englische Geistlichkeit durchweg keineswegs der Heimat müde oder auf anstrengende, ja gefährliche Unternehmungen erpicht; die Suche zog sich in die Länge, und der Stifter begann schon ungeduldig zu werden.

Da verlor sich die Kunde von seinen Absichten und Mißerfolgen endlich auch in ein Bauerndorf in der Gegend von Lancaster und in das dortige Pfarrhaus, dessen ehrwürdiger Herr seinen jungen Bruderssohn namens Robert Aghion als Amtsgehilfen bei sich in Kost und Wohnung hatte. Robert Aghion war der Sohn eines Schiffskapitäns und einer frommen fleißigen Schottin, er hatte den Vater früh verloren und kaum gekannt und war als ein Knabe von guten Gaben durch seinen Onkel auf Schulen geschickt und ordnungsgemäß auf den Beruf eines Geistlichen vorbereitet worden, dem er nunmehr so nahestand, als ein Kandidat mit guten Zeugnissen, aber ohne Vermögen, es eben konnte. Einstweilen stand er seinem Oheim und Wohltäter als Vikarius bei und hatte auf eine eigene Pfarre bei dessen Lebzeiten nicht zu rechnen. Da nun der Pfarrer Aghion noch ein rüstiger Mann war, sah des Neffen Zukunft nicht allzu glänzend aus. Als ein armer Jüngling, der nach aller Voraussicht nicht vor dem mittleren Mannesalter auf ein eigenes Amt und Einkommen zu rechnen hatte, war er für junge Mädchen kein begehrenswerter Mann, wenigstens nicht für ehrbare, und mit anderen als solchen war er nie zusammengetroffen.

Als Sohn einer herzlich frommen Mutter hatte er einen schlichten Christensinn und Glauben, welchen als Prediger zu bekennen ihm eine Freude war. Seine eigentlichen geistigen Vergnügungen aber fand er im Betrachten der Natur, wofür er ein feines Auge besaß. Als ein bescheidener frischer Junge mit tüchtigen Augen und Händen fand er Befriedigung im Sehen und Kennen, Sammeln und Untersuchen der natürlichen Dinge, die sich ihm darboten. Als Knabe hatte er Blumen gezüchtet und botanisiert, hatte dann eine Weile sich eifrig mit Steinen und Versteinerungen abgegeben, und neuerdings, zumal seit seinem Aufenthalt in der ländlichen Umgebung, war ihm die vielfarbige Insektenwelt vor allem andern lieb geworden. Das Allerliebste aber waren ihm die Schmetterlinge, deren glänzende Verwandlung aus dem Raupen- und Puppenstand ihn immer wieder innig entzückte und deren Zeichnung und Farbenschmelz ihm ein so reines Vergnügen bereiteten, wie es geringer befähigte Menschen nur in den Jahren der frühen Kindheit erleben können.

So war der junge Theologe beschaffen, der als erster auf die Kunde von jener Stiftung hin alsbald aufhorchte und ein Verlangen in seinem Innersten gleich einem Kompaßzeiger gegen Indien hinweisen fühlte. Seine Mutter war vor wenigen Jahren gestorben, ein Verlöbnis oder auch nur ein heimlicher Verspruch mit einem Mädchen bestand nicht. Er schrieb nach London, bekam ermunternde Antwort und das Reisegeld für die Fahrt nach der Hauptstadt zugestellt und fuhr gleich darauf mit einer kleinen Bücherkiste und einem Kleiderbündel getrost nach London, wobei es ihm nur leid tat, daß er seine Herbarien, Versteinerungen und Schmetterlingskästen nicht mitnehmen konnte.

Bänglich betrat in der düsteren brausenden Altstadt von London der Kandidat das hohe ernste Haus des frommen Kaufherrn, wo ihm im düsteren Korridor eine gewaltige Wandkarte der östlichen Erdhälfte und gleich im ersten Zimmer ein großes fleckiges Tigerfell das ersehnte Land vor Augen führte. Beklommen und verwirrt ließ er sich von dem vornehmen Diener in das Zimmer führen, wo ihn der Hausherr erwartete. Es empfing ihn ein großer, ernster, schön rasierter Herr mit eisblauen scharfen Augen und strengen alten Mienen, dem der schüchterne Bewerber jedoch nach wenigen Reden recht wohl gefiel, so daß er ihn zum Sitzen einlud und sein Examen mit Vertrauen und Wohlwollen zu Ende führte.

Darauf ließ der Herr sich seine Zeugnisse übergeben und schellte den Diener herbei, der den Theologen stillschweigend hinwegführte und in ein Gastzimmer brachte, wo unverweilt ein zweiter Diener mit Tee, Wein, Schinken, Butter und Brot erschien. Mit diesem Imbiß ward der junge Mann allein gelassen und tat seinem Hunger und Durst Genüge. Dann blieb er beruhigt in dem blausamtenen Armstuhl sitzen, dachte über seine Lage nach und musterte mit müßigen Augen das Zimmer, wo er nach kurzem Umherschauen zwei weitere Entgegenkömmlinge aus dem fernen heißen Lande entdeckte, nämlich in einer Ecke neben dem Kamin einen ausgestopften rotbraunen Affen und über ihm aufgehängt an der blauen Seidentapete das gegerbte Fell einer riesig großen Schlange, deren augenloser Kopf blind und schlaff herabhing. Das waren Dinge, die er schätzte und die er sofort aus der Nähe zu betrachten und zu befühlen eilte. War ihm auch die Vorstellung der lebendigen Boa, die er durch das Zusammenbiegen der glänzend silbrigen Haut zu einem Rohre zu unterstützen versuchte, einigermaßen grauenvoll und zuwider, so ward doch seine Neugierde auf die geheimnisvolle Ferne durch ihren Anblick noch geschürt. Er dachte sich weder von Schlangen noch von Affen schrecken zu lassen und malte sich mit Wollust die fabelhaften Blumen, Bäume, Vögel und Schmetterlinge aus, die in solchen gesegneten Ländern gedeihen mußten.

Es ging indessen schon gegen Abend, und ein stummer Diener trug eine angezündete Lampe herein. Vor dem hohen Fenster stand neblige Dämmerung. Die Stille des vornehmen Hauses, das ferne schwache Wogen der großen Stadt, die Einsamkeit des hohen kühlen Zimmers, in dem er sich wie gefangen fühlte, der Mangel an jeder Beschäftigung und die Ungewißheit seiner romanhaften Lage verbanden sich mit der zunehmenden Dunkelheit der Londoner Herbstnacht und stimmten die Seele des jungen Menschen von der Höhe seiner Hoffnung immer weiter herab, bis er nach zwei Stunden, die er horchend und wartend in seinem Lehnstuhl hingebracht hatte, für heute jede Erwartung aufgab und sich kurzerhand müde in das vortreffliche Gastbett legte, wo er in kurzem einschlief.

Es weckte ihn, wie ihm schien, mitten in der Nacht, ein Diener mit der Nachricht, der junge Herr werde zum Abendessen erwartet und möge sich beeilen. Verschlafen kroch Aghion in seine Kleider und taumelte mit blöden Augen hinter dem Manne her durch Zimmer und Korridore und eine Treppe hinab bis in das große, grell von Kronleuchtern erhellte Speisezimmer, wo ihn die in Sammet gekleidete und von Schmuck funkelnde Hausfrau durch ein Augenglas betrachtete und der Herr ihn zwei Geistlichen vorstellte, die ihren jungen Bruder gleich während der Mahlzeit in eine scharfe Prüfung nahmen und vor allem sich über die Echtheit seiner christlichen Gesinnung zu unterrichten suchten. Der schlaftrunkene Apostel hatte Mühe, alle Fragen zu verstehen und gar zu beantworten; aber die Schüchternheit kleidete ihn gut, und die Männer, die an ganz andere Aspiranten gewöhnt waren, wurden ihm alle wohlgesinnt. Nach Tische wurden im Nebenzimmer Landkarten vorgelegt, und Aghion sah zum erstenmal die Gegend, der er Gottes Wort verkündigen sollte, auf der indischen Karte als einen gelben Fleck südlich von der Stadt Bombay liegen.

Am folgenden Tag wurde er zu einem ehrwürdigen alten Herrn gebracht, der des Kaufherrn oberster geistlicher Berater war. Dieser Greis fühlte sich sofort von dem harmlosen jungen Menschen angezogen. Er wußte Roberts Sinn und Wesen rasch zu erkennen, und da er wenig geistlichen Unternehmungsgeist in ihm wahrnahm, wollte der Junge ihm leid tun, und er stellte ihm die Gefahren der Seereise und die Schrecken der südlichen Zonen eindringlich vor Augen; denn es schien ihm sinnlos, daß ein junger Mensch sich da draußen opfere und zugrunde richte, wenn er nicht durch besondere Gaben und

Neigungen zu einem solchen Dienst bestimmt schien. So legte er denn dem Kandidaten die Hand auf die Schulter, sah ihm mit eindringlicher Güte in die Augen und sagte: »Was Sie mir sagen, ist gut und mag richtig sein; aber ich kann noch immer nicht ganz verstehen, was Sie nun eigentlich nach Indien zieht. Seien Sie offen, lieber Freund, und sagen Sie mir ohne Hinterhalt: ist es irgendein weltlicher Wunsch und Drang, der Sie treibt, oder ist es lediglich der innige Wunsch, den armen Heiden unser liebes Evangelium zu bringen?« Auf diese Anrede wurde Robert Aghion so rot wie ein ertappter Schwindler. Er schlug die Augen nieder und schwieg eine Weile, dann aber bekannte er freimütig, mit jenem frommen Willen sei es ihm zwar völlig ernst, doch wäre er wohl nie auf den Gedanken gekommen, sich für Indien zu melden und überhaupt Missionar zu werden, wenn nicht ein Gelüst nach den herrlichen seltenen Pflanzen und Tieren der tropischen Länder, zumal nach deren Schmetterlingen, ihn dazu verlockt hätte. Der alte Mann sah wohl, daß der Jüngling ihm nun sein letztes Geheimnis preisgegeben und nichts mehr zu bekennen habe. Lächelnd nickte er ihm zu und sagte freundlich: »Nun, mit dieser Sünde müssen Sie selber fertigwerden. Sie sollen nach Indien fahren, lieber Junge!« Und alsbald ernst werdend, legte er ihm beide Hände aufs Haupt und segnete ihn feierlich mit den Worten des biblischen Segens.

Drei Wochen später reiste der junge Missionar, mit Kisten und Koffern wohl ausgerüstet, auf einem schönen Segelschiff als Passagier hinweg, sah sein Heimatland im grauen Meer versinken und lernte in der ersten Woche, noch ehe Spanien erreicht war, die Launen und Gefahren des Meeres kennen. In jenen Zeiten konnte ein Indienfahrer noch nicht so grün und unerprobt sein Ziel erreichen wie heute, wo man in Europa seinen bequemen Dampfer besteigt, sich auf dem Suezkanal um Afrika drückt und nach kurzer Zeit, verwundert und träg vom vielen Schlafen und Essen, die indische Küste erblickt. Damals mußten die Segelschiffe sich um das ungeheure Afrika herum monatelang quälen, von Stürmen gefährdet und von toten langen Windstillen gelähmt, und es galt zu schwitzen und zu frieren, zu hungern und des Schlafes zu entbehren, und wer die Reise siegreich vollendet hatte, der war nun längst kein unerprobter Neuling mehr, sondern hatte gelernt, sich einigermaßen auf den Beinen zu halten. So ging es auch dem Missionar. Er war zwischen England und Indien hundertsechsundfünfzig Tage unterwegs und stieg in der Hafenstadt Bombay als ein gebräunter und gemagerter Seefahrer an Land.

Indessen hatte er seine Freude und Neugierde nicht verloren, obwohl sie stiller geworden war, und wie er schon auf der Reise jeden Strand mit Forschersinn betreten und jede fremde Palmeninsel mit ehrfürchtiger Neugierde betrachtet hatte, so betrat er das indische Land mit begierig offenen Augen und hielt seinen Einzug in der schönen leuchtenden Stadt mit ungebrochenem Mut.

Zunächst suchte und fand er das Haus, an das er empfohlen war; es lag in einer stillen vorstädtischen Gasse, von Kokospalmen überragt. Beim Eintreten streifte sein Blick den kleinen Vorgarten und fand, obwohl jetzt eben Wichtigeres zu tun und zu beachten war, gerade noch Zeit, einen dunkelbelaubten Strauch mit großen goldgelben Blüten zu bemerken, der von einer zierlichen Schar weißer Falter auf das fröhlichste umgaukelt wurde. Dies Bild noch im leicht geblendeten Auge, trat er über einige flache Stufen in den Schatten der breiten Veranda und durch die offenstehende Haustüre. Ein dienender Hindu in einem weißen Kleid mit nackten dunkelbraunen Beinen lief über den kühlen roten Ziegelboden herbei, machte eine ergebene Verbeugung und begann in singendem Tonfall hindostanische Worte zu näseln, merkte aber rasch, daß der Fremde ihn nicht verstehe und führte ihn mit neuen weichen Verbeugungen und schlangenhaften Gebärden der Ergebenheit und Einladung tiefer ins Haus und vor eine Türöffnung, die statt der Tür mit einer lose herabhängenden Bastmatte verschlossen war. Zur gleichen Zeit ward diese Matte von innen beiseite gezogen, und es erschien ein großer, hagerer, herrisch aussehender Mann in weißen Tropenkleidern und mit Strohsandalen an den nackten Füßen. Er richtete in einer unverständlichen indischen Sprache eine Reihe von Scheltworten an den Diener, der sich klein machte und der Wand entlang davonschlich, dann wandte er sich an Aghion und hieß ihn auf englisch eintreten.

Der Missionar suchte zuerst seine unangemeldete Ankunft zu entschuldigen und den armen Diener zu rechtfertigen, der nichts verbrochen habe. Aber der andere winkte ungeduldig ab und sagte: »Mit den Schlingeln von Dienern werden Sie ja bald umzugehen lernen. Treten Sie ein! Ich erwarte Sie.«

»Sie sind wohl Mister Bradley?« fragte der Ankömmling höflich, während doch bei diesem ersten Schritt in die exotische Wirtschaft und beim Anblick des Ratgebers, Lehrers und Mitarbeiters eine Fremdheit und Kälte in ihm aufstieg.

»Ich bin Bradley, gewiß, und Sie sind ja wohl Aghion. Also, Aghion, kommen Sie nun endlich herein! Haben Sie schon Mittagbrot gehabt?«

Der große knochige Mann nahm alsbald mit aller kurz angebundenen, herrischen Praxis eines bewährten Überseers und Handelsagenten den Lebenslauf seines Gastes in seine braunen, dunkelbehaarten Hände. Er ließ ihm eine Reismahlzeit mit Hammelfleisch und brennendem Curry bringen, er wies ihm ein Zimmer an, zeigte ihm das Haus, nahm ihm seine Briefe und Aufträge ab, beantwortete seine ersten neugierigen Fragen und gab ihm die ersten notwendigen indischen Lebensregeln. Er setzte die vier braunen Hindudiener in Bewegung, befahl und schnauzte in seiner kalten Zornigkeit durch das schallende Haus, ließ auch einen indischen Schneidermeister kommen, der sofort ein Dutzend landesüblicher Kleidungen für Aghion machen mußte. Dankbar und etwas eingeschüchtert nahm der Neuling alles hin, obwohl es seinem Sinne mehr entsprochen hätte, seinen Einzug in Indien stiller und friedlicher zu begehen, sich erst einmal ein bißchen heimisch zu machen und sich in einem freundlichen Gespräch seiner ersten Eindrücke und seiner vielen starken Reiseerinnerungen zu entladen. Indessen lernt man auf einer halbjährigen Seereise sich bescheiden und sich in viele Lagen finden, und als gegen Abend Mister Bradley wegging, um seiner kaufmännischen Arbeit in der Stadt nachzugehen, atmete der evangelische Jüngling fröhlich auf und dachte nun allein in stillem Behagen seine Ankunft zu feiern und das Land Indien zu begrüßen.

Feierlich verließ er sein luftiges Zimmer, das weder Tür noch Fenster, sondern nur leere geräumige Öffnungen in allen Wänden hatte, und ging ins Freie, einen großrandigen Hut mit langem Sonnenschleier auf dem blonden Kopf und einen tüchtigen Stock in der Hand. Beim ersten Schritt in den Garten blickte er mit einem tiefen Atemzug ringsum und sog mit witternden Sinnen die Lüfte und Düfte, Lichter und Farben des fremden, sagenhaften Landes, das er als ein bescheidener Mitarbeiter erobern helfen sollte und dem er sich willig hinzugeben gesonnen war.

Was er um sich sah und verspürte, gefiel ihm alles wohl und kam ihm wie eine tausendfältige strahlende Bestätigung vieler Träume und Ahnungen vor. Dichte hohe Gebüsche standen im heftigen Sonnenlicht und strotzten von großen, wunderlich starkfarbigen Blumen; auf säulenschlanken, glatten Stämmen ragten in erstaunlicher Höhe die stillen runden Wipfel der Kokospalmen, eine Fächerpalme stand hinter dem Hause und hielt ihr sonderbar strenges, gleichmäßiges Riesenrad von gewaltigen mannslangen Blättern steif in die Lüfte, am Rand des Weges aber nahm sein naturfreundliches Auge ein kleines lebendiges Wesen wahr, dem er sich vorsichtig näherte. Es war ein grünes Chamäleon mit einem dreieckigen Kopf und boshaften kleinen Augen. Er beugte sich darüber und fühlte sich wie ein Knabe beglückt.

Eine fremdartige Musik weckte ihn aus seiner andächtigen Versunkenheit. Aus der flüsternden Stille der tiefen grünen Baum- und Gartenwildnis brach der rhythmische Lärm metallener Trommeln und Pauken und schneidend helltöniger Blasinstrumente. Erstaunt lauschte der fromme Naturfreund hinüber und machte sich, da nichts zu sehen war, neugierig auf den Weg, die Art und Herkunft dieser barbarisch-festlichen Klänge auszukundschaften. Immer den Tönen folgend, verließ er den Garten, dessen Tor weit offen stand, und verfolgte den grasigen Fahrweg durch eine freundliche Landschaft von Hausgärten, Palmenpflanzungen und lachend hellgrünen Reisfeldern, bis er, um die hohe Ecke eines Gartens biegend, in eine dörflich anmutende Gasse von indischen Hütten gelangte. Die kleinen Häuschen waren aus Lehm oder auch nur aus Bambusgestänge erbaut, die Dächer mit trockenen Palmblättern gedeckt, in allen Türöffnungen standen und hockten braune Hindufamilien. Mit Neugierde sah er die Leute an und tat den ersten Blick in das dörfliche Leben des fremden Naturvolkes, und vom ersten Augenblick an gewann er die braunen Menschen lieb, deren schöne kindliche Augen wie in einer unbewußten und unerlösten Traurigkeit blickten. Schöne Frauen schauten aus mächtigen Flechten langen, tiefschwarzen Haares hervor, still und rehhaft; sie trugen mitten im Gesicht sowie an den Hand- und Fußgelenken silbernen Schmuck und Ringe an den Fußzehen.

Kleine Kinder standen vollkommen nackt und trugen nichts am Leibe als an dünner Bastschnur ein seltsames Amulett aus Silber oder aus Horn.

Noch immer schallte die tolle Musik, nun ganz in der Nähe, und an der Ecke der nächsten Gasse hatte er gefunden, was er suchte. Da stand ein unheimlich sonderbares Gebäude von äußerst phantastischer Form und beängstigender Höhe, ein ungeheures Tor in der Mitte, und indem er daran emporstaunte, fand er die ganze riesengroße Fläche des Bauwerks aus lauter steinernen Figuren von fabelhaften Tieren, Menschen und Göttern oder Teufeln zusammengesetzt, die sich zu Hunderten bis an die ferne schmale Spitze des Tempels hinantürmten, ein Wald und wildes Geflecht von Leibern, Gliedern und Köpfen. Dieser erschreckende Steinkoloß, ein großer Hindutempel, leuchtete heftig in den waagrechten Strahlen der späten Abendsonne und erzählte dem verblüfften Fremdling deutlich, daß diese tierhaft sanften, halbnackten Menschen eben doch keineswegs ein paradiesisches Naturvolk waren, sondern seit einigen tausend Jahren schon Gedanken und Götter, Künste und Religionen besaßen.

Die schallende Paukenmusik war soeben verstummt, und es kamen aus dem Tempel viele fromme Inder in weißen und farbigen Gewändern, voran und vornehm abgetrennt eine kleine feierliche Schar von Brahmanen, hochmütig in tausendjährig erstarrter Gelehrsamkeit und Würde. Sie schritten an dem weißen Manne so stolz vorüber wie Edelleute an einem Handwerksburschen, und weder sie noch die bescheideneren Gestalten, die ihnen folgten, sahen so aus, als hätten sie die geringste Neigung, sich von einem zugereisten Fremdling über göttliche und menschliche Dinge des Rechten belehren zu lassen.

Als der Schwarm verlaufen und der Ort stiller geworden war, näherte sich Robert Aghion dem Tempel und begann in verlegener Teilnahme das Figurenwerk der Fassade zu studieren, ließ jedoch bald mit Betrübnis und Schrecken davon wieder ab; denn die groteske Allegoriensprache dieser Bildwerke verwirrte und ängstigte ihn nicht minder als der Anblick einiger Szenen von schamloser Obszönität, die er naiv mitten zwischen dem Göttergewimmel dargestellt fand.

Während er sich abwandte und nach einem Rückweg ausblickte, erloschen der Tempel und die Gassen plötzlich; ein kurzes zuckendes Farbenspiel lief über den Himmel, und rasch brach die Nacht herein. Das unheimlich schnelle Eindunkeln, obwohl er es längst kannte, überfiel den jungen Missionar mit einem leichten Schauder. Zugleich mit dem Anbruch der Dämmerung begann aus allen Bäumen und Gebüschen ringsum ein grelles Singen und Lärmen von Tausenden Insekten, und in der Ferne erhob sich das Wut- oder Klagegeschrei eines Tieres mit fremden wilden Tönen. Eilig suchte Aghion seinen Heimweg, fand ihn glücklich wieder und hatte die kleine Strecke Weges noch nicht völlig zurückgelegt, als schon das ganze Land in tiefer Nachtfinsternis und der hohe schwarze Himmel voll von Sternen stand.

Im Hause, wo er nachdenklich und zerstreut ankam und sich dem ersten erleuchteten Raume näherte, empfing ihn Mister Bradley mit den Worten: »So, da sind Sie. Sie sollten aber fürs erste so spät am Abend nicht mehr ausgehen, es ist nicht ohne Gefahr. Übrigens, können Sie gut mit dem Gewehr umgehen?«

»Mit dem Gewehr? Nein, das habe ich nicht gelernt.«

»Dann lernen Sie es bald ... Wo waren Sie denn heut abend?«

Aghion erzählte voll Eifer. Er fragte begierig, welcherlei Religion jener Tempel angehöre und welcherlei Götter- oder Götzendienst darin getrieben werde, was die vielen Figuren bedeuteten und was die seltsame Musik, ob die schönen stolzen Männer in weißen Kleidern Priester seien und wie denn ihre Götter hießen. Allein hier erlebte er die erste Enttäuschung. Von allem, was er da fragte, wollte sein Ratgeber gar nichts wissen. Er erklärte, daß kein Mensch sich in dem scheußlichen Wirrwarr und Unflat dieser Götzendienste auskenne, daß die Brahmanen eine heillose Bande von Ausbeutern und Faulenzern seien und daß überhaupt diese Inder alle zusammen ein schweinisches Pack von Bettlern und Unholden wären, mit denen ein anständiger Engländer lieber gar nichts zu tun habe.

»Aber«, meinte Aghion zaghaft, »meine Bestimmung ist es doch gerade, diese verirrten Menschen auf den rechten Weg zu führen! Dazu muß ich sie kennen und lieben und alles von ihnen wissen ...«

»Sie werden bald mehr von ihnen wissen, als Ihnen lieb sein wird. Natürlich müssen Sie Hindostani und später vielleicht noch andere von diesen infamen Niggersprachen lernen. Aber mit der Liebe werden Sie nicht weit kommen.«

»Oh, die Leute sehen aber doch recht gutartig aus!«

»Finden Sie? Nun, Sie werden ja sehen. Von dem, was Sie mit den Hindus vorhaben, verstehe ich nichts und will nicht darüber urteilen. Unsere Aufgabe ist es, diesem gottlosen Pack langsam ein wenig Kultur und einen schwachen Begriff von Anständigkeit beizubringen; weiter werden wir vielleicht niemals kommen!«

»Unsere Moral, oder was Sie Anständigkeit heißen, ist aber die Moral Christi, mein Herr!«

»Sie meinen die Liebe. Ja, sagen Sie nur einmal einem Hindu, daß Sie ihn lieben. Dann wird er Sie heute anbetteln und Ihnen morgen das Hemd aus dem Schlafzimmer stehlen!«

»Ist das möglich?«

»Das ist sogar ganz sicher, lieber Herr. Sie haben es hier gewissermaßen mit Unmündigen zu tun, die noch keine Ahnung von Ehrlichkeit und Recht haben, nicht mit gutartigen englischen Schulkindern, sondern mit einem Volk von schlauen braunen Lausbuben, denen jede Schändlichkeit einen Hauptspaß macht. Sie werden noch an mich denken!«

Aghion verzichtete traurig auf ein weiteres Fragen und

nahm sich vor, nun einmal vor allem fleißig und gehorsam alles zu lernen, was hier zu lernen wäre. Doch ob nun der strenge Bradley recht hatte oder nicht, schon seit dem Anblick des ungeheuern Tempels und der unnahbar stolzen Brahmanen war ihm sein Vorhaben und Amt in diesem Lande unendlich viel schwieriger erschienen, als er je zuvor gedacht hätte.

Am nächsten Morgen wurden die Kisten ins Haus gebracht, in denen der Missionar sein Eigentum aus der Heimat mit sich geführt hatte. Sorglich packte er aus, legte Hemden zu Hemden und Bücher zu Büchern und fand sich durch manche Gegenstände nachdenklich gestimmt. Es fiel ihm ein kleiner Kupferstich in schwarzem Rahmen in die Hände, dessen Glas unterwegs zerbrochen war und der ein Bildnis des Herrn Defoe, des Verfassers von Robinson Crusoe, darstellte, und das alte, ihm von der frühen Kindheit an vertraute Gebetbuch seiner Mutter, alsdann aber als ermunternder Wegweiser in die Zukunft eine Landkarte von Indien, die ihm sein Oheim geschenkt, und zwei stählerne Netzbügel für den Schmetterlingsfang, die er sich selber noch in London hatte machen lassen. Einen von diesen legte er sogleich zum Gebrauch in den nächsten Tagen beiseite.

Am Abend war seine Habe verteilt und verstaut, der kleine Kupferstich hing über seinem Bett, und das ganze Zimmer war in saubere Ordnung gebracht. Die Beine seines Tisches und seiner Bettstatt hatte er, wie es ihm empfohlen worden war, in kleine irdene Näpfe gestellt und die Näpfe mit Wasser gefüllt, zum Schutz gegen die Ameisen. Mister Bradley war den ganzen Tag in Geschäften abwesend, und es war dem jungen Manne sonderbar, vom ehrfürchtigen Diener durch Zeichen zu den Mahlzeiten gelockt und dabei bedient zu werden, ohne daß er ein einziges Wort mit ihm reden konnte.

In der Frühe des folgenden Tages begann Aghions Arbeit. Es erschien und wurde ihm von Bradley vorgestellt der schöne dunkeläugige Jüngling Vyardenya, der sein Lehrmeister in der Hindostani-Sprache werden sollte. Der lächelnde junge Inder sprach nicht übel Englisch und hatte die besten Manieren; nur schreckte er ängstlich zurück, als der arglose Engländer ihm freundlich die Hand zur Begrüßung entgegenstreckte, und vermied auch künftighin jede körperliche Berührung mit dem Weißen, die ihn verunreinigt haben würde, da er einer hohen Kaste angehörte. Er wollte sich auch niemals auf einen Stuhl setzen, den vor ihm ein Fremder benutzt hatte, sondern brachte jeden Tag zusammengerollt unterm Arm seine eigene hübsche Bastmatte mit, die er auf dem Ziegelboden ausbreitete und auf welcher er mit gekreuzten Beinen edel und aufrecht saß. Sein Schüler, mit dessen Eifer er zufrieden sein konnte, suchte auch diese Kunst von ihm zu lernen und kauerte während seiner Lektionen stets auf einer ähnlichen Matte am Boden, obwohl ihm dabei in der ersten Zeit alle Glieder weh taten, bis er daran gewöhnt wurde. Fleißig und geduldig lernte er Wort für Wort, mit den alltäglichen Begrüßungsformeln beginnend, die ihm der Jüngling unermüdet und lächelnd vorsprach, und stürzte sich jeden Tag mit neuem Mut in den Kampf mit den indischen Girr- und Gaumenlauten, die ihm zu Anfang als ein unartikuliertes Röcheln erschienen waren und die er nun alle zu unterscheiden und nachzuahmen lernte.

So merkwürdig das Hindostani war und so rasch die Vormittagsstunden mit dem höflichen Sprachlehrer vergingen, so waren doch die Nachmittage und gar die Abende lang genug, um den strebsamen Herrn Aghion die Einsamkeit fühlen zu lassen, in der er lebte. Sein Wirt, zu dem er in einem unklaren Verhältnisse stand und der ihm halb als Gönner, halb als eine Art Vorgesetzter entgegentrat, war wenig zu Hause; er kam meistens gegen Mittag zu Fuß oder zu Pferde aus der Stadt zurück, präsidierte als Hausherr beim Essen, zu dem er manchmal einen englischen Schreiber mitbrachte, und legte sich dann zwei, drei Stunden zum Rauchen und Schlafen auf die Veranda, um gegen Abend nochmals für einige Stunden in sein Kontor oder Magazin zu gehen. Zuweilen mußte er für mehrere Tage verreisen, um Produkte einzukaufen, und sein neuer Hausgenosse hatte wenig dagegen, da er mit dem besten Willen sich dem rauhen und wortkargen Geschäftsmann nicht befreunden konnte. Auch gab es manches in der Lebensführung Mister Bradleys, was dem Missionar nicht gefallen konnte. Unter anderem kam es zuweilen vor, daß Bradley am Feierabend mit jenem Schreiber zusammen bis zur Trunkenheit eine Mischung von Wasser, Rum und Limonadensaft genoß; dazu hatte er in der ersten Zeit den jungen Geistlichen mehrmals eingeladen, aber stets von ihm eine sanfte Absage erhalten.

Bei diesen Umständen war Aghions tägliches Leben nicht gerade kurzweilig. Er hatte versucht, seine ersten schwachen Sprachkenntnisse anzuwenden, indem er an den langen öden Nachmittagen, wo das hölzerne Haus ringsum von der stechenden Hitze belagert lag, sich zur Dienerschaft in die Küche begab und sich mit den Leuten zu unterhalten suchte. Der mohammedanische Koch zwar gab ihm keine Antwort und war so hochmütig, daß er ihn gar nicht zu sehen schien, der Wasserträger aber und der Hausjunge, die beide stundenlang müßig auf ihren Matten hockten und Betel kauten, hatten nichts dagegen, sich an den angestrengten Sprechversuchen des Masters zu belustigen.

Eines Tages erschien aber Bradley in der Küchentür, als gerade die beiden Schlingel sich über einige Irrtümer und Wortverwechslungen des Missionars vor Vergnügen auf die mageren Schenkel klatschten. Bradley sah der Lustbarkeit mit verbissenen Lippen zu, gab blitzschnell dem Boy eine Ohrfeige, dem Wasserträger einen Fußtritt und zog den erschrockenen Aghion stumm mit sich davon. In seinem Zimmer sagte er dann ärgerlich: »Wie oft muß ich Ihnen noch sagen, daß Sie sich nicht mit den Leuten einlassen sollen! Sie verderben mir die Burschen, selbstverständlich in der besten Absicht, und ohnehin geht es nicht an, daß ein Engländer sich vor diesen braunen Schelmen zum Hanswurst macht!« Er war wieder davongegangen, noch ehe der beleidigte Aghion sich rechtfertigen konnte.

Unter Menschen kam der vereinsamte Missionar nur am Sonntag, wo er regelmäßig zur Kirche ging, auch selbst einmal für den wenig arbeitsamen englischen Pfarrer die Predigt übernahm. Aber er, der daheim vor den Bauern und Wollwebern seiner Gegend mit Liebe gepredigt hatte, fand sich hier, vor einer kühlen Gemeinde von reichen Geschäftsleuten, müden, kränklichen Damen und lebenslustigen jungen Angestellten, fremd und ernüchtert.

Wenn er nun über dem Betrachten seiner Lage zuweilen recht betrübt wurde und sich erbarmenswert vorkam, so gab es einen Trost für sein Gemüt, der niemals versagte. Dann rüstete er sich zu einem Ausflug, hängte die Botanisierbüchse um und nahm das Netz zur Hand, das er mit einem langen schlanken Bambusstab versehen hatte. Gerade das, worüber die meisten anderen Engländer sich bitter zu beklagen pflegten, die glühende Sonnenhitze und das ganze indische Klima, war ihm lieb und schien ihm herrlich; denn er hielt sich an Leib und Seele frisch und ließ keine Erschlaffung aufkommen. Für seine Naturstudien und Liebhabereien vollends war dieses Land eine unermeßliche Weide, auf Schritt und Tritt hielten unbekannte Bäume, Blumen, Vögel, Insekten ihn auf, die er mit der Zeit alle namentlich kennenzulernen beschloß. Seltsame Eidechsen und Skorpione, riesengroße dicke Tausendfüßler und anderes Koboldzeug erschreckte ihn selten mehr, und seit er eine dicke Schlange in der Badekammer mutig mit dem hölzernen Eimer erschlagen hatte, fühlte er seine Bangnis vor unheimlicher Tiergefahr immer mehr dahinschwinden.

Als er zum erstenmal mit seinem Netz nach einem großen prächtigen Schmetterling schlug, als er ihn gefangen sah und mit vorsichtigen Fingern das stolze strahlende Tier an sich nahm, dessen breite Flügel alabastern glänzten und mit dem duftigsten Farbenflaum behaucht waren, da schlug ihm das Herz in einer unbändigen Freude, wie er sie nicht mehr empfunden hatte, seit er als Knabe seinen ersten Schwalbenschwanz erbeutet hatte. Fröhlich gewöhnte er sich an die Unbequemlichkeiten des Dschungels und verzagte nicht, wenn er im Urwald tief in versteckte Schlammgruben einbrach, von heulenden Affenherden verhöhnt und von wütenden Ameisenvölkern überfallen wurde. Nur einmal lag er zitternd und betend hinter einem ungeheuren Gummibaum auf den Knien, während in der Nähe wie ein Gewitter und Erdbeben ein Trupp von Elefanten durchs dichte Gehölz brach. Er gewöhnte sich daran, in seinem luftigen Schlafzimmer frühmorgens vom rasenden Affengebrüll aus dem nahen Walde geweckt zu werden und bei Nacht das heulende Schreien der Schakale zu hören. Seine Augen glänzten hell und wachsam aus dem gemagerten, braun und männlich gewordenen Gesicht.

Auch in der Stadt und noch lieber in den friedlichen gartenartigen Außendörfern sah er sich immer besser um, und die Hinduleute gefielen ihm desto mehr, je mehr er von ihnen sah. Störend und äußerst peinlich war ihm nur die Sitte der unteren Stände, ihre Frauen mit nacktem Oberkörper laufen zu lassen. Nackte Frauenhälse und -arme und Frauenbrüste auf der Gasse zu sehen, daran konnte der Missionar sich schwer gewöhnen, obgleich es häufig sehr hübsch aussah.

Nächst dieser Anstößigkeit machte nichts ihm so viel zu schaffen und zu denken wie die Rätsel, die ihm das geistige Leben dieser Menschen entgegenhielt. Wohin er blicken mochte, überall war Religion. In London konnte man gewiß am höchsten kirchlichen Feiertag nicht so viel Frömmigkeit wahrnehmen wie hier an jedem Werktag und in jeder Gasse; überall waren Tempel und Bilder, war Gebet und Opfer, waren Umzüge und Zeremonien, Büßer und Priester zu sehen. Aber wer wollte sich jemals in diesem wirren Knäuel von Religionen zurechtfinden? Da waren Brahmanen und Mohammedaner, Feueranbeter und Buddhisten, Diener des Schiwa und des Krischna, Turbanträger und Gläubige mit glattrasierten Köpfen, Schlangenanbeter und Diener heiliger Schildkröten.

Wo war der Gott, dem alle diese Verirrten dienten? Wie sah er aus, und welcher Kultus von den vielen war der ältere, heiligere, reinere? Das wußte niemand, und namentlich den Indern selber war dies vollkommen einerlei; wer von dem Glauben seiner Väter nicht befriedigt war, der ging zu einem andern über oder zog als Büßer dahin, um eine neue Religion zu finden oder gar zu schaffen. Göttern und Geistern, deren Namen niemand wußte, wurden Speisen in kleinen Schalen geopfert, und alle diese hundert Gottesdienste, Tempel und Priesterschaften lebten vergnügt nebeneinander hin, ohne daß es den Anhängern des einen Glaubens einfiel, die anderen zu hassen oder totzuschlagen, wie es daheim in den Christenländern Sitte war. Vieles sogar sah sich hübsch und lieblich an, Flötenmusik und zarte Blumenopfer, und auf vielen frommen Gesichtern wohnte ein Friede und heiter stiller Glanz, den man in den Gesichtern der Engländer vergeblich suchte. Schön und heilig schien ihm auch das von den Hindus streng gehaltene Gebot, kein Tier zu töten, und er schämte sich zuweilen und suchte Rechtfertigung vor sich selbst, wenn er ohne Erbarmen einige schöne Schmetterlinge und Käfer umgebracht und auf Nadeln gespießt hatte. Andererseits waren unter diesen selben Völkern, denen jeder Wurm als Geschöpf Gottes heilig galt und die sich innig in Gebeten und Tempeldienst hingaben, Diebstahl und Lüge, falsches Zeugnis und Vertrauensbruch ganz alltägliche Dinge, über die keine Seele sich empörte oder nur wunderte. Je mehr es der wohlmeinende Glaubensbote bedachte, desto mehr schien ihm dieses Volk zum undurchdringlichen Rätsel zu werden, das jeder Logik und Theorie hohnsprach. Der Diener, mit dem er trotz Bradleys Verbot bald wieder Gespräche pflog und der soeben ein Herz und eine Seele mit ihm zu sein schien, stahl ihm eine Stunde später ein baumwollenes Hemd, und als er ihn mit liebreichem Ernst zur Rede stellte, leugnete er zuerst unter Schwüren, gab dann lächelnd alles zu, zeigte das Hemd her und sagte zutraulich, es habe ja schon ein kleines Loch, und so habe er gedacht, der Master werde es gewiß nimmer tragen mögen.

Ein anderes Mal setzte ihn der Wasserträger in Erstaunen. Dieser Mann erhielt seinen Lohn und sein Essen dafür, daß er täglich die Küche und die Badekammer aus der nächsten Zisterne her mit Wasser versorgte. Er tat diese Arbeit stets am frühen Morgen und am Abend, den ganzen übrigen Tag saß er in der Küche oder in der Dienerhütte und kaute entweder Betel oder ein Stückchen Zuckerrohr. Einmal, da der andere Diener ausgegangen war, gab ihm Aghion ein Beinkleid zum Ausbürsten, das von einem Spaziergang her voll von Grassamen hing. Der Mann lachte nur und streckte die Hände auf den Rücken, und als der Missionar unwillig wurde und ihm streng befahl, sofort die kleine Arbeit zu tun, folgte er zwar endlich, tat die Verrichtung aber unter Murren und Tränen, setzte sich dann trostlos in die Küche und schalt und tobte eine Stunde lang wie ein Verzweifelter. Mit unendlicher Mühe und nach Überwindung vieler Mißverständnisse brachte Aghion an den Tag, daß er den Menschen schwer beleidigt habe durch den Befehl zu einer Arbeit, die nicht zu seinem Amte gehörte.

Alle diese kleinen Erfahrungen traten, sich allmählich verdichtend, wie zu einer Glaswand zusammen, die den

Missionar von seiner Umgebung abtrennte und in eine immer peinlichere Einsamkeit verwies. Desto heftiger, ja mit einer gewissen verzweifelten Gier lag er seinen Sprachstudien ob, in denen er gute Fortschritte machte und die ihm, wie er sehnlichst hoffte, dies fremde Volk doch noch erschließen sollten. Immer häufiger konnte er es nun wagen, Eingeborene auf der Straße anzureden, er ging ohne Dolmetscher zum Schneider, zum Krämer, zum Schuhmacher. Manchmal gelang es ihm, mit einfachen Leuten ins Geplauder zu kommen, etwa indem er einem Handwerker sein Werk, einer Mutter ihren Säugling freundlich betrachtete und lobte, und aus Worten und Blicken dieser Heidenmenschen, namentlich aber aus ihrem guten, kindlichen, seligen Lachen, sprach ihn oft die Seele des fremden Volkes so klar und brüderlich an, daß für Augenblicke alle Schranken fielen und das Gefühl der Fremdheit sich verlor.

Schließlich meinte er entdeckt zu haben, daß Kinder und einfache Leute vom Lande ihm fast immer zugänglich seien, ja, daß alle Schwierigkeiten, alles Mißtrauen und alle Verderbnis der Städter nur von der Berührung mit den europäischen Schiffs- und Handelsleuten herkomme. Von da an wagte er sich, häufig zu Pferde, auf Ausflügen immer weiter ins Land hinein. Er trug Kupfermünzen und manchmal auch Zuckerstücke für die Kinder in der Tasche, und wenn er weit drinnen im hügeligen Lande vor einer bäuerlichen Lehmhütte sein Pferd an eine Palme band und, unter das Schilfdach tretend, grüßte und um einen Trunk Wasser oder Kokosmilch bat, so ergab sich fast jedesmal eine harmlos freundliche Bekanntschaft und ein Geplauder, bei dem Männer, Weiber und Kinder, über seine noch mangelhafte Kenntnis der Sprache oft im fröhlichsten Erstaunen hellauf lachten, was er gar nicht ungerne sah.

Noch machte er keinerlei Versuche, den Leuten bei solchen Anlässen vom lieben Gott zu erzählen. Es schien ihm das nicht nur nicht eilig, sondern auch überaus heikel und fast unmöglich zu sein, da er für alle die geläufigen Ausdrücke des biblischen Glaubens durchaus keine indischen Worte finden konnte. Außerdem fühlte er kein Recht, sich zum Lehrer dieser Leute aufzuwerfen und sie zu wichtigen Änderungen in ihrem Leben aufzufordern, ehe er dieses Leben genau kannte und fähig war, mit den Hindus einigermaßen auf gleichem Fuße zu leben und zu reden.

Dadurch dehnten seine Studien sich weiter aus. Er suchte Leben, Arbeit und Erwerb der Eingeborenen kennenzulernen, er ließ sich Bäume und Früchte zeigen und benennen, Haustiere und Geräte; er erforschte nach und nach die Geheimnisse des nassen und des trockenen Reisbaues, der Gewinnung des Bastes und der Baumwolle, er betrachtete Hausbau und Töpferei, Strohflechten und Webearbeiten, worin er von der Heimat her Bescheid wußte. Er sah dem Pflügen schlammiger Reisfelder mit rosenroten fetten Wasserbüffeln zu, er lernte die Arbeit des gezähmten Elefanten kennen und sah zahme Affen für ihre Herren die Kokosnüsse von den Bäumen holen.

Auf einem seiner Ausflüge, in einem friedvollen Tal zwischen hohen grünen Hügeln, überraschte ihn einst ein wilder Gewitterregen, vor welchem er in der nächsten Hütte, die er erreichen konnte, einen Unterstand suchte. Er fand in dem engen Raum zwischen lehmbekleideten Bambuswänden eine kleine Familie versammelt, die den hereintretenden Fremdling mit scheuem Erstaunen begrüßte. Die Hausmutter hatte ihr graues Haar mit Henna feurigrot gefärbt und zeigte, da sie zum Empfang aufs freundlichste lächelte, einen Mund voll ebenso roter Zähne, die ihre Leidenschaft für das Betelkauen verrieten. Ihr Mann war ein großer, ernst blickender Mensch mit langen, noch dunklen Haaren. Er erhob sich vom Boden und nahm eine königlich aufrechte Haltung an, tauschte Begrüßungsworte mit dem Gast und bot ihm alsbald eine frisch geöffnete Kokosnuß an, von deren süßlichem Saft der Engländer einen Schluck genoß. Ein kleiner Knabe, der bei seinem Eintritt still in die Ecke hinter der steinernen Feuerstelle geflohen war, blitzte von dort unter einem Wald von glänzend schwarzen Haaren hervor mit ängstlich neugierigen Augen; auf seiner dunkeln Brust schimmerte ein messingenes Amulett, das seinen einzigen Schmuck und seine einzige Kleidung bildete. Einige große Bananenbündel schwebten über der Türe zur Nachreife aufgehängt; in der ganzen Hütte, die all ihr Licht nur durch die offene Tür erhielt, war keine Armut, wohl aber die äußerste Einfachheit und eine hübsche, reinliche Ordnung zu bemerken.

Ein leises, aus allerfernsten Kindererinnerungen emporduftendes Heimatgefühl, das den Reisenden so leicht beim Anblick zufriedener Häuslichkeit übernimmt, ein leises Heimatgefühl, das er in dem Bungalow des Herrn Bradley niemals gespürt hatte, kam über den Missionar, und es schien ihm beinahe so, als sei seine Einkehr hier nicht nur die eines vom Regen überfallenen Wanderers, sondern als wehe ihm, der sich in trüben Lebenswirrsalen verlaufen, endlich einmal wieder Sinn und Frohmut eines richtigen, natürlichen, in sich begnügten Lebens entgegen. Auf dem dichten Schilfblätterdach der Hütte rauschte und trommelte leidenschaftlich der wilde Regen und hing vor der Tür dick und blank wie eine Glaswand.

Die Alten unterhielten sich mit ihrem ungewöhnlichen Gast, und als sie am Ende mit Höflichkeit die natürliche Frage stellten, was denn seine Ziele und Absichten in diesem Lande seien, kam er in Verlegenheit und begann von anderem zu reden. Wieder, wie schon oft, wollte es dem bescheidenen Aghion als eine ungeheuerliche Frechheit und Überhebung erscheinen, daß er als Abgesandter eines fernen Volkes hierhergekommen sei mit der Absicht, diesen Menschen ihren Gott und Glauben zu nehmen und einen anderen dafür aufzunötigen. Immer hatte er gedacht, diese Scheu würde sich verlieren, sobald er nur die Hindusprache besser beherrsche; aber heute ward ihm unzweifelhaft klar, daß dies eine Täuschung gewesen war und daß er, je besser er das braune Volk verstand, desto weniger Recht und Lust in sich verspürte, herrisch in das Leben dieses Volkes einzugreifen.

Der Regen ließ nach, und das mit der fetten roten Erde durchsetzte Wasser in der hügeligen Gasse lief davon, Sonnenstrahlen drangen zwischen den naß glänzenden Palmenstämmen hervor und spiegelten sich grell und blendend in den blanken Riesenblättern der Pisangbäume. Der Missionar bedankte sich bei seinen Wirten und machte Miene sich zu verabschieden, da fiel ein Schatten auf den Boden, und der kleine Raum verfinsterte sich. Schnell wandte er sich um und sah durch die Tür eine Gestalt lautlos auf nackten Sohlen hereintreten, eine junge Frau oder ein Mädchen, die bei seinem unerwarteten Anblick erschrak und zu dem Knaben hinter die Feuerstatt floh.

»Sag dem Herrn guten Tag!« rief ihr der Vater zu, und sie trat schüchtern zwei Schritte vor, kreuzte die Hände vor der Brust und verneigte sich mehrmals. In ihrem dikken tiefschwarzen Haar schimmerten Regentropfen; der Engländer legte freundlich und befangen seine Hand darauf und sprach einen Gruß, und während er das weiche geschmeidige Haar lebendig in seinen Fingern fühlte, hob sie das Gesicht zu ihm auf und lächelte freundlich aus wunderschönen Augen. Um den Hals trug sie eine Korallenkette und am einen Fußgelenk einen schweren goldenen Ring, sonst nichts als das dicht unter den Brüsten gegürtete rotbraune Untergewand. So stand sie in ihrer Schönheit vor dem erstaunten Fremden; die Sonnenstrahlen spiegelten sich matt in ihrem Haar und auf ihren braunen blanken Schultern, blitzend funkelten die Zähne aus dem jungen Mund. Robert Aghion sah sie mit Entzücken an und suchte tief in ihre stillen sanften Augen zu blicken, wurde aber schnell verlegen; der feuchte Duft ihrer Haare und der Anblick ihrer nackten Schultern und Brüste verwirrte ihn, so daß er bald vor ihrem unschuldigen Blick die Augen niederschlug. Er griff in die Tasche und holte eine kleine stählerne Schere hervor, mit der er sich Nägel und Bart zu schneiden pflegte und die ihm auch beim Pflanzensammeln diente; die schenkte er dem schönen Mädchen und wußte wohl, daß dies eine recht kostbare Gabe sei. Sie nahm das Ding denn auch befangen und in beglücktem Erstaunen an sich, während die Eltern sich in Dankesworten erschöpften, und als er nun Abschied nahm und ging, da folgte sie ihm bis unter das Vordach der Hütte, ergriff seine linke Hand und küßte sie. Die laue, zärtliche Berührung dieser blumenhaften Lippen rann dem Manne ins Blut, am liebsten hätte er sie auf den Mund geküßt. Statt dessen nahm er ihre beiden Hände in seine Rechte, sah ihr in die Augen und sagte: »Wie alt bist du?«

»Das weiß ich nicht«, gab sie zur Antwort.

»Und wie heißt du denn?«

»Naissa.«

»Leb wohl, Naissa, und vergiß mich nicht!«

»Naissa vergißt den Herrn nicht.«

Er ging von dannen und suchte den Heimweg, tief in Gedanken, und als er spät in der Dunkelheit ankam und in seine Kammer trat, bemerkte er erst jetzt, daß er heute keinen einzigen Schmetterling oder Käfer, nicht Blatt noch Blume von seinem Ausflug mitgebracht hatte. Seine Wohnung aber, das öde Junggesellenhaus mit den herumlungernden Dienern und dem kühlen mürrischen Herrn Bradley, war ihm noch nie so unheimlich und trostlos erschienen wie in dieser Abendstunde, da er bei seiner kleinen Öllampe am wackligen Tischlein saß und in der Bibel zu lesen versuchte.

In dieser Nacht, als er nach langer Gedankenunruhe und trotz der singenden Moskitos endlich den Schlaf gefunden hatte, wurde der Missionar von sonderbaren Träumen heimgesucht.

Er wandelte in einem dämmernden Palmenhain, wo gelbe Sonnenflecken auf dem rotbraunen Boden spielten. Papageien riefen aus der Höhe, Affen turnten tollkühn an den unendlich hohen Baumsäulen, kleine edelsteinblitzende Vögel leuchteten kostbar auf, Insekten jeder Art gaben durch Töne, Farben oder Bewegungen ihre Lebensfreude kund. Der Missionar spazierte dankbar und beglückt inmitten dieser Pracht; er rief einen seiltanzenden Affen an, und siehe, das flinke Tier kletterte gehorsam zur Erde und stellte sich wie ein Diener mit Gebärden der Ergebenheit vor Aghion auf. Dieser sah ein, daß er in diesem seligen Bezirk der Kreatur zu gebieten habe, und alsbald berief er die Vögel und Schmetterlinge um sich, und sie kamen in großen glänzenden Scharen, er winkte und taktierte mit den Händen, nickte mit dem Kopf, befahl mit Blicken und Zungenschnalzen, und gefügig ordneten sich alle die herrlichen Tiere in der goldenen Luft zu schönen schwebenden Reigen und Festzügen, pfiffen und summten, zirpten und rollten in feinen Chören, suchten und flohen, verfolgten und haschten einander, beschrieben feierliche Kreise und schalkhafte Spiralen in der Luft. Es war ein glänzendes herrliches Ballett und Konzert und ein wiedergefundenes Paradies, und der Träumer verweilte in dieser harmonischen Zauberwelt, die ihm gehorchte und zu eigen war, mit einer beinahe schmerzlichen Lust; denn in all dem Glück war doch schon ein leises Ahnen oder Wissen enthalten, ein Vorgeschmack von Unverdientheit und Vergänglichkeit, wie ihn ein frommer Missionar ohnehin bei jeder Sinnenlust auf der Zunge haben muß.

Dieser ängstliche Vorgeschmack trog dann auch nicht. Noch schwelgte der entzückte Naturfreund im Anblick einer Affenquadrille und liebkoste einen ungeheuren blauen Sammetfalter, der sich vertraulich auf seine linke

Hand gesetzt hatte und sich wie ein Täubchen streicheln ließ, aber schon begannen Schatten der Angst und Auflösung in dem Zauberhain zu flattern und das Gemüt des Träumers zu umhüllen. Einzelne Vögel schrien plötzlich grell und angstvoll auf, unruhige Windstöße erbrausten in den hohen Wipfeln, das frohe warme Sonnenlicht wurde fahl und siech, die Vögel huschten nach allen Seiten davon, und die schönen großen Falter ließen sich in wehrlosem Schrecken vom Winde davonführen. Regentropfen klatschten erregt auf den Baumkronen, ein ferner leiser Donner rollte langsam austönend über das Himmelsgewölbe.

Da betrat Mister Bradley den Wald. Der letzte bunte Vogel war entflogen. Hünenhaft groß von Gestalt und finster wie der Geist eines erschlagenen Königs kam Bradley heran, spuckte verächtlich vor dem Missionar aus und begann ihm in verletzenden, höhnischen, feindseligen Worten vorzuwerfen, er sei ein Gauner und Tagedieb, der sich von seinem Londoner Patron für die Bekehrung der Heiden anstellen und bezahlen lasse, statt dessen aber nichts tue als müßig gehen, Käfer fangen und spazierenlaufen. Und Aghion mußte in Zerknirschung eingestehen, jener habe recht und er sei all dieser Versäumnisse schuldig.

Es erschien nun jener mächtige reiche Patron aus England, Aghions Brotgeber, sowie mehrere englische Geistliche, und diese zusammen mit Bradley trieben und hetzten den Missionar vor sich her durch Busch und Dorn, bis sie auf eine volkreiche Straße und in jene Vorstadt von Bombay kamen, wo der turmhohe groteske Hindutempel stand. Hier flutete eine bunte Menschenmenge aus und ein, nackte Kulis und weißgekleidete stolze Brahmanen; dem Tempel gegenüber aber war eine christliche Kirche errichtet, und über ihrem Portal war Gottvater in Stein gebildet, in Wolken schwebend mit ernstem Vaterauge und fließendem Bart.

Der bedrängte Missionar schwang sich auf die Stufen des Gotteshauses, winkte mit den Armen und begann den Hinduleuten zu predigen. Mit lauter Stimme forderte er sie auf, herzuschauen und zu vergleichen, wie anders der wahre Gott beschaffen sei als ihre armen Fratzengötter mit den vielen Armen und Rüsseln. Mit ausgestrecktem Finger wies er auf das verschlungene Figurenwerk der indischen Tempelfassade, und dann wies er einladend auf das Gottesbild seiner Kirche. Aber wie sehr erschrak er da, als er seiner eigenen Gebärde folgend emporblickte; denn Gottvater hatte sich verändert, er hatte drei Köpfe und sechs Arme bekommen und hatte statt des etwas blöden und machtlosen Ernstes ein überlegen vergnügtes Lächeln in den Gesichtern, genau wie es die indischen Götterbilder nicht selten zeigten. Verzagend sah sich der Prediger nach Bradley, nach dem Patron und der Geistlichkeit um; sie waren aber alle verschwunden, er stand allein und kraftlos auf den Stufen der Kirche, und nun verließ ihn auch Gottvater selbst, denn er winkte mit seinen sechs Armen zu dem Tempel hinüber und lächelte den Hindugöttern mit göttlicher Heiterkeit zu.

Vollständig verlassen, geschändet und verloren stand Aghion auf seiner Kirchentreppe. Er schloß die Augen und blieb aufrecht stehen, jede Hoffnung war in seiner Seele erloschen, und er wartete mit verzweifelter Ruhe darauf, von den Heiden gesteinigt zu werden. Statt dessen aber fühlte er sich, nach einer furchtbaren Pause, von einer starken, doch sanften Hand beiseite geschoben, und als er die Augen aufriß, sah er den steinernen Gottvater groß und ehrwürdig die Stufen herabschreiten, während gegenüber die Götterfiguren des Tempels in ganzen Scharen von ihren Schauplätzen herabstiegen. Sie alle wurden von Gottvater begrüßt, der sodann in den Hindutempel eintrat und mit freundlicher Gebärde die Huldigung der weißgekleideten Brahmanen entgegennahm. Die Heidengötter aber mit ihren Rüsseln, Ringellocken und Schlitzaugen besuchten einmütig die Kirche, fanden alles gut und hübsch und zogen viele Beter nach sich, und so entstand ein Umzug der Götter und Menschen zwischen Kirche und Tempel; Gong und Orgel tönten geschwisterlich ineinander, und stille dunkle Inder brachten auf nüchternen englisch-christlichen Altären Lotosblumen dar.

Mitten im festlichen Gedränge aber schritt mit den glatten, glänzend schwarzen Haaren und den großen kindlichen Augen die schöne Naissa. Sie kam zwischen vielen anderen Gläubigen vom Tempel herübergegangen, stieg die Stufen zur Kirche empor und blieb vor dem Missionar stehen. Sie sah ihm ernst und lieblich in die Augen, nickte ihm zu und bot ihm eine Lotosblüte hin. Er aber, in überwallendem Entzücken, beugte sich über ihr klares stilles Gesicht herab, küßte sie auf die Lippen und schloß sie in seine Arme.

Noch ehe er hatte sehen können, was Naissa dazu sagte, erwachte Aghion aus seinem Traum und fand sich müde und erschrocken in tiefer Dunkelheit auf seinem Lager hingestreckt. Eine schmerzliche Verwirrung aller Gefühle und Triebe quälte ihn bis zur Verzweiflung. Der Traum hatte ihm sein eigenes Selbst unverhüllt gezeigt, seine Schwäche und Verzagtheit, den Unglauben an seinen Beruf, seine Verliebtheit in die braune Heidin, seinen unchristlichen Haß gegen Bradley, sein schlechtes Gewissen dem englischen Brotgeber gegenüber.

Eine Weile lag er traurig und bis zu Tränen erregt im Dunkeln. Er versuchte zu beten und vermochte es nicht, er versuchte sich die Naissa als Teufelin vorzustellen und seine Neigung als verworfen zu erkennen und konnte auch das nicht. Am Ende erhob er sich, einer halbbewußten Regung folgend und noch von den Schatten und Schauern des Traumes umgeben; er verließ sein Zimmer und suchte Bradleys Stube auf, ebensosehr im triebhaften Bedürfnis nach Menschenanblick und Trost wie in der frommen Absicht, sich seiner Abneigung gegen diesen

Mann zu schämen und durch Offenheit ihn zum Freunde zu machen.

Leise schlich er auf dünnen Bastsohlen die dunkle Veranda entlang bis zum Schlafzimmer Bradleys, dessen leichte Tür aus Bambusgestäbe nur bis zur halben Höhe der Türöffnung reichte und den hohen Raum schwach erleuchtet zeigte; denn jener pflegte, gleich vielen Europäern in Indien, die ganze Nacht hindurch ein kleines Öllicht zu brennen. Behutsam drückte Aghion die dünnen Türflügel nach innen und ging hinein.

Der kleine Öldocht schwelte in einem irdenen Schüsselchen am Boden des Gemachs und warf schwache ungeheure Schatten an den kahlen Wänden aufwärts. Ein brauner Nachtfalter umsurrte das Licht in kleinen Kreisen. Um die umfangreiche Bettstatt her war der große Moskitoschleier sorgfältig zusammengezogen. Der Missionar nahm die Lichtschale in die Hand, trat ans Bett und öffnete den Schleier eine Spanne weit. Eben wollte er des Schläfers Namen rufen, da sah er mit heftigem Erschrecken, daß Bradley nicht allein sei. Er lag, vom dünnen, seidenen Nachtkleide bedeckt, auf dem Rücken, und sein Gesicht mit dem emporgereckten Kinn sah um nichts zarter oder freundlicher aus als am Tage. Neben ihm aber lag nackt eine zweite Gestalt, eine Frau mit langen schwarzen Haaren. Sie lag auf der Seite und wendete dem Missionar das schlafende Gesicht zu, und er erkannte sie: es war das starke große Mädchen, das jede Woche die Wäsche abzuholen pflegte.

Ohne den Vorhang wieder zu schließen, floh Aghion hinaus und in sein Zimmer zurück. Er versuchte wieder zu schlafen, doch gelang es ihm nicht; das Erlebnis des Tages, der seltsame Traum und endlich der Anblick der nackten Schläferin hatten ihn gewaltig erregt. Zugleich war seine Abneigung gegen Bradley viel stärker geworden, ja er scheute sich vor dem Augenblick des Wiedersehens und der Begrüßung beim Frühstück. Am meisten aber quälte und bedrückte ihn die Frage, ob es nun seine Pflicht sei, dem Hausgenossen wegen seiner Lebensführung Vorwürfe zu machen und seine Besserung zu versuchen. Aghions ganze Natur war dagegen, aber sein Amt schien von ihm zu fordern, daß er seine Feigheit überwinde und dem Sünder unerschrocken ins Gewissen rede. Er zündete seine Lampe an und las, von den singenden Mücken umschwärmt und gepeinigt, stundenlang im Neuen Testament, ohne doch Sicherheit und Trost zu gewinnen. Beinahe hätte er ganz Indien fluchen mögen oder doch seiner Neugierde und Wanderlust, die ihn hierher und in diese Sackgasse geführt hatte. Nie war ihm die Zukunft so düster erschienen, und nie hatte er sich so wenig zum Bekenner und Märtyrer geschaffen gefühlt wie in dieser Nacht.

Zum Frühstück kam er mit unterhöhlten Augen und müden Zügen, rührte unfroh mit dem Löffel im duftenden Tee und schälte in verdrossener Spielerei lange Zeit an einer Banane herum, bis Herr Bradley erschien. Dieser grüßte kurz und kühl wie sonst, setzte den Boy und den Wasserträger durch laute Befehle in Trab, suchte sich mit langwieriger Umsicht die goldenste Frucht aus dem Bananenbüschel und aß dann rasch und herrisch, während im sonnigen Hof der Diener sein Pferd vorführte.

»Ich hatte noch etwas mit Ihnen zu besprechen«, sagte der Missionar, als der andere eben aufbrechen wollte. Argwöhnisch blickte Bradley auf.

»So? Ich habe sehr wenig Zeit. Muß es gerade jetzt sein?«

»Ja, es ist besser. Ich fühle mich verpflichtet, Ihnen zu sagen, daß ich von dem unerlaubten Umgang weiß, den Sie mit einem Hinduweib haben. Sie können sich denken, wie peinlich es mir ist ...«

»Peinlich!« rief Bradley aufspringend und brach in ein zorniges Gelächter aus. »Herr, Sie sind ein größerer Esel, als ich je gedacht hätte! Was Sie von mir halten, ist mir natürlich durchaus einerlei, daß Sie aber in meinem Hause herumschnüffeln und spionieren, finde ich niederträchtig. Machen wir die Sache kurz! Ich lasse Ihnen Zeit bis Sonntag. Bis dahin suchen Sie sich freundlichst eine neue Unterkunft in der Stadt; denn in diesem Haus werde ich Sie keinen Tag länger dulden!«

Aghion hatte eine barsche Abfertigung, nicht aber diese Antwort erwartet. Doch ließ er sich nicht einschüchtern.

»Es wird mir ein Vergnügen sein«, sagte er mit guter Haltung, »Sie von meiner lästigen Einquartierung zu befreien. Guten Morgen, Herr Bradley!«

Er ging weg, und Bradley sah ihm aufmerksam nach, halb betroffen, halb belustigt. Dann strich er sich den harten Schnurrbart, rümpfte die Lippen, pfiff seinem Hunde und stieg die Holztreppe zum Hof hinab, um in die Stadt zu reiten.

Beiden Männern war die kurze gewitterhafte Aussprache und Klärung der Lage willkommen. Aghion allerdings sah sich unerwartet vor Sorgen und Entschlüsse gestellt, die ihm bis vor einer Stunde noch in angenehmer Ferne geschwebt hatten. Aber je ernstlicher er seine Angelegenheiten bedachte und je deutlicher es ihm wurde, daß der Streit mit Bradley eine Nebensache, die Lösung seines ganzen verworrenen Zustandes aber nun eine unerbittliche Notwendigkeit geworden sei, desto klarer und wohler wurde ihm in den Gedanken. Das Leben in diesem Hause, das Brachliegen seiner Kräfte, alle die ungestillten Begierden und toten Stunden waren ihm zu einer Qual geworden, die seine einfältige Natur ohnehin nicht lange mehr ertragen hätte.

Es war noch früh am Morgen, und eine Ecke des Gartens, sein Lieblingsplatz, lag noch kühl im Schatten. Hier hingen die Zweige verwilderter Gebüsche über einen ganz kleinen, gemauerten Weiher nieder, der einst als Badestelle angelegt, aber verwahrlost und nun von einem

Völkchen gelber Schildkröten bewohnt war. Hierher trug er seinen Bambusstuhl, legte sich nieder und sah den schweigsamen Tieren zu, welche träg und wohlig im lauen grünen Wasser schwammen und still aus klugen kleinen Augen blickten. Jenseits im Wirtschaftshof kauerte in seinem Winkel der unbeschäftigte Stalljunge und sang; sein eintöniges näselndes Lied klang wie Wellenspiel herüber und zerfloß in der warmen Luft, und unversehens überfiel nach der schlaflosen erregten Nacht den Liegenden die Müdigkeit, er schloß die Augen, ließ die Arme sinken und schlief ein.

Als ein Mückenstich ihn weckte, sah er mit Beschämung, daß er fast den ganzen Vormittag verschlafen hatte. Aber er fühlte sich nun frisch und ging ungesäumt daran, seine Gedanken und Wünsche zu ordnen und die Wirrnis seines Lebens sachte auseinander zu falten. Da wurde ihm unzweifelhaft klar, was unbewußt seit langem ihn gelähmt und seine Träume beängstigt hatte, daß nämlich seine Reise nach Indien zwar durchaus gut und klug gewesen war, daß aber zum Missionar ihm der richtige innere Beruf und Antrieb fehle. Er war bescheiden genug, darin eine Niederlage und einen betrübenden Mangel zu sehen; aber zur Verzweiflung war kein Grund vorhanden. Vielmehr schien ihm jetzt, da er entschlossen war, sich eine angemessenere Arbeit zu suchen, das reiche Indien erst recht eine gute Zuflucht und Heimat zu sein. Mochte es traurig sein, daß alle diese Eingeborenen sich falschen Göttern verschrieben hatten – sein Beruf war es nicht, das zu ändern. Sein Beruf war, dieses Land für sich zu erobern und für sich und andere das Beste daraus zu holen, indem er sein Auge, seine Kenntnis, seine zur Tat gewillte Jugend darbrachte und überall bereitstand, wo eine Arbeit für ihn sich böte.

Noch am Abend desselben Tages wurde er, nach einer kurzen Besprechung, von einem in Bombay wohnhaften Herrn Sturrock als Sekretär und Aufseher für eine benachbarte Kaffeepflanzung angestellt. Einen Brief an seinen bisherigen Brotgeber, worin Aghion sein Tun erklärte und sich zum späteren Ersatz des Empfangenen verpflichtete, versprach Sturrock nach London zu besorgen. Als der neue Aufseher in seine Wohnung zurückkehrte, fand er Bradley in Hemdärmeln allein beim Abendessen sitzen. Er teilte ihm, noch ehe er neben ihm Platz nahm, das Geschehene mit. Bradley nickte mit vollem Munde, goß etwas Whisky in sein Trinkwasser und sagte fast freundlich: »Sitzen Sie, und bedienen Sie sich, der Fisch ist schon kalt. Nun sind wir ja eine Art von Kollegen. Na, ich wünsche Ihnen Gutes. Kaffee bauen ist leichter als Hindus bekehren, das ist gewiß, und möglicherweise ist es ebenso wertvoll. Ich hätte Ihnen nicht so viel Vernunft zugetraut, Aghion!«

Die Pflanzung, die er beziehen sollte, lag zwei Tagereisen weit landeinwärts, und übermorgen sollte Aghion in Begleitung einer Kulitruppe dorthin aufbrechen; so blieb ihm zum Besorgen seiner Angelegenheiten nur ein einziger Tag. Zu Bradleys Verwunderung erbat er sich für morgen ein Reitpferd, doch enthielt sich jener aller Fragen, und die beiden Männer saßen, nachdem sie die von tausend Insekten umflügelte Lampe hatten wegtragen lassen, in dem lauen, schwarzen indischen Abend einander gegenüber und fühlten sich einander näher als in all diesen vielen Monaten eines gezwungenen Zusammenlebens.

»Sagen Sie«, fing Aghion nach einem langen Schweigen an, »Sie haben sicher von Anfang an nicht an meine Missionspläne geglaubt?«

»O doch«, gab Bradley ruhig zurück. »Daß es Ihnen damit Ernst war, konnte ich ja sehen.«

»Aber Sie konnten gewiß auch sehen, wie wenig ich zu dem paßte, was ich hier tun und vorstellen sollte! Warum haben Sie mir das nie gesagt?«

»Ich war von niemand dazu angestellt. Ich liebe es

nicht, wenn mir jemand in meine Sachen hineinredet; so tue ich das auch bei anderen nicht. Außerdem habe ich hier in Indien schon die verrücktesten Dinge unternehmen und gelingen sehen. Das Bekehren war Ihr Beruf, nicht meiner. Und jetzt haben Sie ganz von selber einige Ihrer Irrtümer eingesehen! So wird es Ihnen auch noch mit anderen gehen …«

»Mit welchen zum Beispiel?«

»Zum Beispiel in dem, was Sie heut morgen mir an den Kopf geworfen haben.«

»O, wegen des Mädchens!«

»Gewiß. Sie sind ein Geistlicher gewesen; trotzdem werden Sie zugeben, daß ein gesunder Mann nicht jahrelang leben und arbeiten und gesund bleiben kann, ohne gelegentlich eine Frau bei sich zu haben. Mein Gott, darum brauchen Sie doch nicht rot zu werden! Nun sehen Sie: als Weißer in Indien, der sich nicht gleich eine Frau mit aus England herübergebracht hat, hat man wenig Auswahl. Es gibt keine englischen Mädchen hier. Die hier geboren werden, die schickt man schon als Kinder nach Europa heim. Es bleibt nur die Wahl zwischen den Matrosendirnen und den Hindufrauen, und die sind mir lieber. Was finden Sie daran schlimm?«

»O, hier verstehen wir uns nicht, Herr Bradley! Ich finde, wie es die Bibel und unsere Kirche vorschreibt, jede uneheliche Verbindung schlimm und unrecht!«

»Wenn man aber nichts anderes haben kann?«

»Warum sollte man nicht können? Wenn ein Mann ein Mädchen wirklich lieb hat, so soll er es heiraten.«

»Aber doch nicht ein Hindumädchen?«

»Warum nicht?«

»Aghion, Sie sind weitherziger als ich! Ich will mir lieber einen Finger abbeißen als eine Farbige heiraten, verstehen Sie? Und so werden Sie später auch einmal denken!«

»O bitte, das hoffe ich nicht. Da wir so weit sind, kann

ich es Ihnen ja sagen: ich liebe ein Hindumädchen, und es ist meine Absicht, sie zu meiner Frau zu machen.«

Bradleys Gesicht wurde ernsthaft. »Tun Sie das nicht!« sagte er fast bittend.

»Doch, ich werde es tun«, fuhr Aghion begeistert fort. »Ich werde mich mit dem Mädchen verloben und sie dann so lange erziehen und unterrichten, bis sie die christliche Taufe erhalten kann; dann lassen wir uns in der englischen Kirche trauen.«

»Wie heißt sie denn?« fragte Bradley nachdenklich.

»Naissa.«

»Und ihr Vater?«

»Das weiß ich nicht.«

»Na, bis zur Taufe hat es ja noch Zeit; überlegen Sie sich das lieber noch einmal! Natürlich kann sich unsereiner in ein indisches Mädel verlieben, sie sind oft hübsch genug. Sie sollen auch treu sein und zahme Frauen abgeben. Aber ich kann sie doch immer nur wie eine Art Tierchen ansehen, wie lustige Ziegen oder schöne Rehe, nicht wie meinesgleichen.«

»Ist das nicht ein Vorurteil? Alle Menschen sind Brüder, und die Inder sind ein altes edles Volk.«

»Ja, das müssen Sie besser wissen, Aghion. Was mich betrifft, ich habe sehr viel Achtung vor Vorurteilen.«

Er stand auf, sagte gute Nacht und ging in sein Schlafzimmer, in dem er gestern die hübsche große Wäscheträgerin bei sich gehabt hatte. »Wie eine Art Tierchen«, hatte er gesagt, und Aghion lehnte sich nachträglich in Gedanken dagegen auf.

Früh am andern Tage, noch ehe Bradley zum Frühstück gekommen war, ließ Aghion das Reitpferd vorführen und ritt davon, während noch in den Baumwipfeln die Affen ihr Morgengeschrei verübten. Und noch stand die Sonne nicht hoch, als er schon in der Nähe jener Hütte, wo er die hübsche Naissa kennengelernt hatte, sein Tier anband und zu Fuß sich der Behausung näherte.

Auf der Türschwelle saß nackt der kleine Sohn und spielte mit einer jungen Ziege, von der er sich lachend immer wieder vor die Brust stoßen ließ.

Eben als der Besucher vom Weg abbiegen wollte, um in die Hütte zu treten, stieg über den kauernden Jungen hinweg vom Innern der Hütte her ein junges Mädchen, das er sofort als Naissa erkannte. Sie trat auf die Gasse, einen hohen irdenen Wasserkrug leer in der losen Rechten tragend, und ging, ohne ihn zu beachten, vor Aghion her, der ihr mit Entzücken folgte. Bald hatte er sie eingeholt und rief ihr einen Gruß zu. Sie hob den Kopf, indem sie das Grußwort leise erwiderte, und sah aus den schönen braungoldenen Augen kühl auf den Mann, als kenne sie ihn nicht, und als er ihre Hand ergriff, zog sie sie erschrocken zurück und lief mit beschleunigten Schritten weiter. Er begleitete sie bis zu dem gemauerten Wasserbehälter, wo das Wasser einer schwachen Quelle dünn und sparsam über moosig-alte Steine rann; er wollte ihr helfen, den Krug zu füllen und emporzuziehen, aber sie wehrte ihn schweigend ab und machte ein trotziges Gesicht. Er war über so viel Sprödigkeit erstaunt und enttäuscht, und jetzt suchte er aus seiner Tasche das Geschenk hervor, das er für sie mitgebracht hatte, und es tat ihm nun doch ein wenig weh, zu sehen, wie sie alsbald die Abwehr vergaß und nach dem Dinge griff, das er ihr anbot. Es war eine emaillierte kleine Dose mit hübschen Blumenbildchen darauf, und die innere Seite des runden Deckels bestand aus einem kleinen Spiegel. Er zeigte ihr, wie man ihn öffne, und gab ihr das Ding in die Hand.

»Für mich?« fragte sie mit Kinderaugen.

»Für dich!« sagte er, und während sie mit der Dose spielte, streichelte er ihren sammetweichen Arm und ihr langes schwarzes Haar.

Da sie ihm nun Dank sagte und mit unentschlossener Gebärde den vollen Wasserkrug ergriff, versuchte er, ihr etwas Liebes und Zärtliches zu sagen, was sie jedoch offenbar nur halb verstand, und indem er sich auf Worte besann und unbeholfen neben ihr stand, schien ihm plötzlich die Kluft zwischen ihm und ihr ungeheuer, und er dachte mit Trauer, wie wenig doch vorhanden sei, das ihn mit ihr verbinde, und wie lange, lange es dauern mochte, bis sie einmal seine Braut und seine Freundin sein, seine Sprache verstehen, sein Wesen begreifen, seine Gedanken teilen könnte.

Mittlerweile hatte sie langsam den Rückweg angetreten, und er ging neben ihr her, der Hütte entgegen. Der Knabe war mit der Ziege in einem atemlosen Jagdspiel begriffen; sein schwarzbrauner Rücken glänzte metallisch in der Sonne, und sein geblähter Reisbauch ließ die Beine zu dünn erscheinen. Mit einem Anflug von Befremdung dachte der Engländer daran, daß, wenn er Naissa heirate, dieses Naturkind sein Schwager sein würde. Um sich diesen Vorstellungen zu entziehen, sah er das Mädchen wieder an. Er betrachtete ihr entzückend feines, großäugiges Gesicht mit dem kühlen kindlichen Mund und mußte denken, ob es ihm wohl glücken werde, heute noch von diesen Lippen den ersten Kuß zu erhalten.

Aus diesem lieblichen Gedanken schreckte ihn eine Erscheinung, die plötzlich aus der Hütte trat und wie ein Spuk vor seinen ungläubigen Augen stand. Es erschien im Türrahmen, schritt über die Schwelle und stand vor ihm eine zweite Naissa, ein Spiegelbild der ersten, und das Spiegelbild lächelte ihm zu und grüßte ihn, griff in ihr Hüftentuch und zog etwas hervor, das sie triumphierend über ihrem Haupte schwang, das blank in der Sonne glitzerte und das er nach einer Weile denn auch erkannte. Es war die kleine Schere, die er kürzlich Naissa geschenkt hatte, und das Mädchen, dem er heute die Spiegeldose gegeben, in dessen schöne Augen er geblickt und dessen Arm er gestreichelt hatte, war gar nicht Naissa, sondern deren Schwester, und wie die beiden Mädchen nebeneinander standen, noch immer kaum voneinander zu unterscheiden, da kam sich der verliebte Aghion unsäglich betrogen und irregegangen vor. Zwei Rehe konnten einander nicht ähnlicher sein, und wenn man ihm in diesem Augenblick freigestellt hätte, eine von ihnen zu wählen und mit sich zu nehmen und für immer zu behalten, er hätte nicht gewußt, welche von beiden es war, die er liebte. Wohl konnte er allmählich erkennen, daß die wirkliche Naissa die ältere und ein wenig kleinere sei; aber seine Liebe, deren er vor Augenblicken noch so sicher zu sein gemeint hatte, war ebenso auseinandergebrochen und zu zwei Hälften zerfallen wie das Mädchenbild, das sich vor seinen Augen so unerwartet und unheimlich verdoppelt hatte.

Bradley erfuhr nichts von dieser Begebenheit, er stellte auch keine Fragen, als zu Mittag Aghion heimkehrte und schweigsam beim Essen saß. Und am nächsten Morgen, als Aghions Kulis anrückten und seine Kisten und Säcke aufpackten und wegtrugen und als der Abreisende dem Dableibenden noch einmal Dank sagte und die Hand hinbot, da faßte Bradley die Hand kräftig und sagte: »Gute Reise, mein Junge! Es wird später eine Zeit kommen, wo Sie vor Sehnsucht vergehen werden, statt der süßen Hinduschnauzen wieder einmal einen ehrlichen ledernen Engländerkopf zu sehen! Dann kommen Sie zu mir, und dann werden wir über alles mögliche einig sein, worüber wir heute noch verschieden denken!« *(1912)*

Indische Schmetterlinge

Kandy soll der hübscheste Ort auf der schönen Insel Ceylon sein, und die Eisenbahnfahrt dahin von Colombo aus ist eine tolle Folge von Überraschungen und Schönheiten. Kandy selbst aber ist der Rest einer sehr alten Königs- und Priesterstadt, und neuerdings ist es dem Gelde der Engländer gelungen, ein bequemes, sauberes, verdorbenes Hotel- und Fremdennest daraus zu machen. Trotzdem ist Kandy schön; denn mit allem Geld und allem Zement der Welt läßt sich das strotzende Wachstum dieser Landschaft nicht kaputtmachen. Da sieht man an grünen Hügelhängen den ganzen überschwenglichen Busch- und Baumwuchs noch viel überschwenglicher von Schlingpflanzen überwachsen; abenteuerlich großblumige Winden und Klematis blühen und duften in ganzen Kaskaden ins Tal herab, wo der künstliche See unheilbar an seinem grotesk unorganischen Zuschnitt leidet. Mutige Engländer gehen an diesem See spazieren, wo alte Frauen mit rostigen Schwertern den Rasen abmähen, und die englischen Spaziergänger fühlen sich nicht belästigt von dem unablässigen Zudrängen der Kutscher, Rikschakulis, Händler und Bettler, die sich kriechend und schamlos anbieten; denn die Engländer sind reich und sind geniale Kolonisatoren, und es macht ihnen ein Hauptvergnügen, dem Untergang der von ihnen erdrückten Völker zuzuschauen. Denn dieser Untergang geht überaus human, freundlich und fröhlich vor sich, er ist kein Totschlagen und nicht einmal ein Ausbeuten, sondern ein stilles, mildes Korrumpieren und moralisches Erledigen. Immerhin, dieser englische Betrieb hat Stil, und Deutsche oder Franzosen würden es viel schlimmer und viel dümmer machen, wie ja überhaupt der Engländer der einzige Europäer ist, der draußen unter den Naturvölkern nicht komisch wirkt. Ich ließ mich denn auch nicht abschrecken, sondern versuchte gleich am ersten Tage möglichst viel von Kandy zu sehen. Leicht ist dies nicht, wenn man offene Ohren und ein etwas zartes Gemüt hat; denn ein Spaziergang durch die Stadt bedeutet ein anstrengendes und empörendes Spießrutenlaufen zwischen den Hyänen der Fremdenindustrie, wie man es auch in Europa nur an den vom englischen Geld beglückten Fremdenplätzen erleben kann. Schließlich ist man froh, sich zu dem grinsenden Rikschakuli zu flüchten, der einem zwanzigmal mit seiner Wagendeichsel den Weg versperrt und den man zwanzigmal weggejagt hat; er hatte recht, er wußte genau, daß er und alle seine Kollegen jeden Versuch eines Neulings in Kandy spazierenzugehen stets mit der Flucht in einen Wagen enden lassen.

Nun, man kann sich an vieles gewöhnen. Ich hatte mich mit der Hitze von Singapur und Colombo, mit den Moskitos des Urwalds, mit indischen Mahlzeiten, mit Durchfall und Kolik abgefunden, so mußte es auch hier gehen. Ich lernte, an den schönsten kleinen Mädchen mit den traurigsten schwarzen Inderaugen vorbeizusehen, wenn sie bettelten, ich lernte die weißhaarigsten Urgroßväter, die wie Heilige aussahen, mit kalten Blicken zurückweisen, ich gewöhnte mich an ein treues Gefolge von käuflichen Menschen jeder Art, das ich durch feldherrnhafte Handbewegungen und grobe Zurufe in Schranken zu halten wußte. Ich lernte sogar, mich über Indien lustig zu machen, und ich schluckte die scheußliche Erfahrung, daß der seelenvolle, suchende Beterblick der meisten Inder gar nicht ein Ruf nach Göttern und Erlösung ist, sondern einfach ein Ruf nach Money.

Als ich aber beinahe so weit war, beging ich in meinem Übermut die Tollheit, eines Nachmittags mit meinem Schmetterlingsnetz in der Hand auszugehen. Daß das die Neugierde und vielleicht den Spott der Straßenjugend provozieren würde, hatte ich im voraus bedacht –

dagegen war ich von den sonst so gutmütigen Malayen her abgehärtet – und wirklich riefen sämtliche Gassenbuben mit Gelächter mir etwas gurgelnd Singhalesisches nach. Ich fragte einen singhalesischen studierenden Jüngling, der mir mit Büchern unterm Arm begegnete, was der Ausruf bedeute; er lächelte höflich und sagte leise: »*Oh, master, they are telling that you are an Englishman, who is trying to catch butterflies!*« Die Buben sahen freilich drein, als hätten sie weniger harmlose Sachen gerufen. Zufrieden ging ich weiter und war auch dadurch nicht zu überraschen, daß zahlreiche andere Jungen sich mir anschlossen, die mir gute Schmetterlingsplätze zeigen wollten, mich mit Eifer auf jede vorüberschwirrende Fliege aufmerksam machten und dabei jedesmal die Hand um einen Penny ausstreckten. Dies alles konnte mich kaum mehr stören, und als die Straße stiller wurde und ein naher, schmaler Waldweg Einsamkeit verhieß, schlug ich aufatmend mit einem Rest von Humor die letzten Peiniger in die Flucht und bog rasch in den rettenden Pfad ein.

So geht der Mensch verblendet seinen Weg und glaubt zu siegen, wo er der elend Geschlagene ist. Während ich stolz dahinschritt und mir einbildete, ich habe es wieder einmal sehr schlau gemacht, war schon das Verhängnis über mir und eine Angel nach mir ausgeworfen, die ich nicht ahnte und an der ich lange zu schlucken haben sollte. Die ganze Zeit her war dreißig Schritte hinter mir ein schöner stiller Mann oder Herr gegangen, mit krausem tiefschwarzem Haar, mit braunen traurigen Augen und einem schönen schwarzen Schnurrbart. Er hieß, wie ich später erfahren sollte, Victor Hughes, und es war mir vom Schicksal bestimmt, dieses Mannes Opfer zu werden.

Mit ehrerbietigem Gruße trat er zu mir heran, lächelte mit feiner Höflichkeit und erlaubte sich, mich in tadellosem Englisch darauf aufmerksam zu machen, daß dieser Weg in einen Steinbruch führe und daß hier keinerlei Ausbeute an Schmetterlingen zu hoffen sei. Dort drüben hingegen, mehr rechts, sei keine üble Gegend und dort südlich, auf der andern Talseite, sei einer der allerbesten Plätze. Ehe ich viel mehr als Ja und Nein und Dankeschön gesagt hatte, waren wir in einer Art von Konversation und persönlicher Verbindung; aus den klugen bekümmerten Augen des schönen Menschen sah mich ein altes, vornehmes, unterdrücktes Volkstum mit stillem Vorwurf an, aus seinen Worten und Gebärden sprach eine alte Kultur wohlgepflegter Höflichkeit und zarter buddhistischer Sanftmut. Ich begann alsbald diesen Mann mit einer Mischung von Mitleid und Hochachtung zu lieben. Als weißer Fremdling im Tropenhut war ich der Herr, der Master und Sahib, vor dem er als armer Eingeborener sich neigte; seine aristokratische Erscheinung aber, seine Orts- und Sachkenntnis und sein vortreffliches Englisch gaben ihm eine Überlegenheit, die ich alsbald empfand. Denn Victor Hughes verstand auch von Schmetterlingen unendlich viel mehr als ich; er nannte mit kollegialem Lächeln ganze Reihen von lateinischen Namen, die ich nie gehört hatte, zu denen ich aber gönnerhaft nickte, um meinen kindlichen Dilettantismus zu verbergen. Ich sagte auch ein paarmal zwischenhinein mit verlegen väterlichem Ton (dem Ton, den der Engländer dem Eingeborenen gegenüber eingeführt hat): »*Yes, yes, my dear man, I know all about Kandy-butterflies!*« Er sprach mit mir über indische Schmetterlinge, wie etwa der erfahrene Obergärtner eines Palmengartens mit einem fremden Besucher spricht, den er für einen Botaniker hält. Mein schlechtes Englisch, mit dem ich möglichst sparsam umging, ließ mich nicht zu Erklärungen kommen, so daß ich unversehens mich immer tiefer in die Lüge verstrickte und, fast ohne etwas zu sagen, mit stummem Spiel immer mehr die Rolle des Kenners und wissenschaftlichen Sammlers übernahm.

Als wir so weit miteinander waren, als ich Herrn Victor Hughes schweigend das Recht zuerkannt hatte, mich als eine Art von wenig höherstehendem Kollegen anzusehen und mir Interessen und Absichten zuzutrauen, die ich gar nicht hatte, da zauberte er, völlig überraschend, aus seinen Gewändern plötzlich eine hübsche kleine Holzkiste hervor, auf seinem edeln Gesicht erschien, meinen sofort emporgeschnellten Argwohn bestätigend, ein schmeichelndes Hausiererlächeln, er öffnete die Truhe mit einer einladenden Gebärde, und ich sah auf weißem Grunde eine wundernette, tadellos präparierte Sammlung von Schmetterlingen und Käfern ausgebreitet, die er mir für die Kleinigkeit von fünfzehn Rupien zum Kauf anbot.

Ich sah sofort den ganzen Umfang der Gefahr; aber ich war wehrlos. Es war mir unmöglich, diesem höflichen und beinahe gelehrten Singhalesen gegenüber plötzlich den Standpunkt zu wechseln, ja, die Enthüllung seiner Absichten, seiner heimlichen Bedürftigkeit steigerte beinahe meine Sympathie oder mindestens mein Mitleid für ihn, und doch hatte ich keinerlei Lust zu kaufen, ich war sogar genötigt, mit dem Rest meiner Reisekasse sehr sparsam umzugehen.

So stimmte ich denn meinen Ton um einen Schatten kühler und erklärte bedauernd, daß ich zwar ein Sammler, nicht aber ein Käufer von Schmetterlingen sei, daß überdies fertig präparierte Exemplare für mich ganz ohne Interesse seien.

Mr. Hughes begriff das vollständig. Gewiß, solche Sammler wie ich kauften ja niemals aufgespannte Falter, er habe sich das gleich gedacht und mir nur eine kleine Probe zeigen wollen. Selbstverständlich würde ich nur frische Exemplare in Papiertüten kaufen, die er mir heute abend zu zeigen gedenke. Er wisse, daß ich im Queens Hotel wohne: ob ich dort um sechs Uhr zu finden sei?

Das wisse ich nicht, antwortete ich kurz, und jetzt sei es

mein Wunsch, meinen Spaziergang ungestört fortzusetzen. In bester Form zog er sich zurück, und wieder glaubte ich, entronnen zu sein und Ruhe zu haben.

Aber nun war Hughes zu meinem Schicksal geworden. Er stand am Abend in der Halle des Hotels, er begrüßte mich anspruchslos, und wir wechselten ein paar Worte übers Wetter, da zauberte er hinter einer Säule des Vestibüls hervor eine ganze Anzahl von Schachteln, Dosen und Kistchen, und ich sah mich im Augenblick von einer reichen, geschickt ausgebreiteten Schaustellung indischer Falter umgeben. Zuschauer kamen an den Tisch, Victor Hughes zeigte eine Reihe von englischen, amerikanischen, deutschen Anerkennungsschreiben und Bestellbriefen vor, und je mehr Publikum sich einfand, desto weniger mochte ich mich mit meinem übeln Englisch zur Schau stellen. Ich stand plötzlich auf, als falle mir etwas Wichtiges ein, ließ Hut und Mantel liegen und eilte zum Lift, mit dem ich in das dritte Stockwerk entfloh. Mit dieser Flucht hatte ich das Heft vollends aus der Hand gegeben.

Von da an sah ich in Kandy nichts anderes mehr als meinen Herrn Hughes. Er stand an jeder Straßenecke, die ich zu Fuß passierte, er hob den Mantel auf, der mir vom Wagen glitt, er kannte meine Zimmernummer im Hotel und die Zeit meiner Ausgänge und Mahlzeiten. Wartete ich morgens mit dem Ausgehen bis acht Uhr, so stand er an der Treppe, verließ ich andern Tages das Haus schon um halb sieben, so war er auch da. Wenn ich sorglos in einem Kaufladen ausruhte und Ansichtskarten auswählte, erschien er lächelnd am Ladeneingang, eine kleine Kiste unterm Arm, und wenn ich draußen im Walde einen Fehlschlag mit dem Schmetterlingsnetz tat, so bog Hughes um die Ecke, deutete dem entkommenen Falter nach und nannte seinen lateinischen Namen. »Ich habe gute Exemplare davon, auch Weibchen; ich bringe sie um sieben Uhr ins Hotel!«

Nach einigen Tagen hatte er es erreicht, daß ich kein höfliches Wort mehr mit ihm sprach, ihm aber etwas für zehn Rupien abkaufte. Nun hatte ich mir das Recht erworben, ihn zu ignorieren, ihn anzuschnauzen, ihn mit barscher Gebärde von mir zu weisen. Er war aber immer da, war immer schön und höflich, blickte traurig aus braunen Augen, sprach mich freudig an und ließ ergeben die mageren braunen Hände sinken, wenn ich schalt, und immer trug er in der Tasche oder im Lendentuch verborgen ein Kästchen, eine Schachtel, eine Dose bei sich, früh und spät, und immer neue Sachen, bald einen riesigen Atlasfalter, bald ein »lebendes Blatt«, bald einen Goldkäfer oder Skorpion. Er trat aus dem Schatten eines Pfeilers hervor, wenn ich den Speisesaal verließ, er war verwandt mit dem Händler, bei dem ich Zahnpulver kaufte, und befreundet mit dem Wechsler, bei dem ich mein Geld wechselte. Er begegnete mir am See und beim Tempel, im Wald und auf der Gasse, er begrüßte mich frühmorgens nach dem Bade und stand spät abends, wenn ich vom Billardsaal herüberkam, müde und vorwurfsvoll im Vestibül, mit höflich geneigtem Kopf und stillen, wartenden Augen und mit irgendeinem verborgenen Schatz im Gewande. Ich gewöhnte mich daran, ihn von weitem im Gedränge der Straße zu erkennen und zu fliehen, ihn plötzlich nahen zu fühlen und meine Blicke zu versteinern, ich lernte auf Ausflügen jeden Seitenpfad mit Mißtrauen nach seiner Gestalt absuchen und das Hotel heimlich, wie ein Zechpreller, verlassen. Er erschien mir mehrmals im Traum, und ich wäre nicht erstaunt gewesen, ihn abends unter meiner Bettstatt verborgen zu finden.

Niemals kann ich mehr an Kandy denken, ohne ihn zu sehen, sein Bild ist mir stärker eingeprägt als alle Palmen und Bambusse, Tempel und Elefanten. Und als ich Ceylon längst verlassen hatte und seit vielen Tagen auf dem Wasser war, passierte es mir noch gelegentlich, daß ich morgens beim Gang von der Kabine aufs Deck mit einem Gefühl von Bangigkeit und Beschämung um mich blickte, ob nicht an einer Türe, hinter einem Pfeiler, in einem Korridor Victor Hughes auf mich lauere … *(1912)*

Der Waldmensch

Im Anfang der ersten Zeitalter, noch ehe die junge Menschheit sich über die Erde verbreitet hatte, waren die Waldmenschen. Diese lebten eng und scheu in der Dämmerung der tropischen Urwälder, stets im Streit mit ihren Verwandten, den Affen, und über ihrem Tun und Sein stand als einzige Gottheit und einziges Gesetz: der Wald. Der Wald war Heimat, Schutzort, Wiege, Nest und Grab, und außerhalb des Waldes vermochte man sich kein Leben zu denken. Man vermied es, bis an seine Ränder vorzudringen, und wer je durch besondere Schicksale auf der Jagd oder Flucht dorthin verschlagen worden war, der erzählte zitternd und geängstigt von der weißen Leere draußen, wo man das furchtbare Nichts im tödlichen Sonnenbrande gleißen sähe. Es lebte ein alter Waldmann, der war vor Jahrzehnten, durch wilde Tiere verfolgt, über den äußersten Rand des Waldes hinaus geflohen und alsbald blind geworden. Er war jetzt eine Art Priester und Heiliger und hieß *mata dalam* (der das Auge inwendig hat); er hatte das heilige Waldlied gedichtet, das bei großen Gewittern gesungen wurde, und auf ihn hörten die Waldleute. Daß er die Sonne mit Augen gesehen hatte, ohne daran zu sterben, das war sein Ruhm und sein Geheimnis.

Die Waldmenschen waren klein und braun und stark behaart, sie gingen vorgebückt und hatten scheue Wildaugen. Sie konnten wie Menschen und wie Affen gehen und fühlten sich hoch im Geäst des Waldes ebenso sicher wie am Boden. Häuser und Hütten kannten sie noch nicht, wohl aber mancherlei Waffen und Gerätschaften, auch Schmuck. Sie verstanden Bogen, Pfeile, Lanzen und Streitkolben aus harten Hölzern zu machen, Halsbänder aus Bast und mit getrockneten Beeren oder Nüssen behängt, auch trugen sie um den Hals oder im Haar ihre Kostbarkeiten: Eberzahn, Tigerkralle, Papageienfeder, Flußmuschel.

Mitten durch den unendlichen Wald floß der große Strom, die Waldmenschen wagten sein Ufer aber nur in dunkler Nacht zu betreten, und viele hatten ihn nie gesehen. Die Mutigeren schlichen zuweilen des Nachts aus dem Dickicht hervor, scheu und lauernd, dann sahen sie im schwachen Schimmer die Elefanten baden, blickten durch die überhängenden Baumwipfel und sahen erschrocken im Netzwerk der vielarmigen Mangrovenbäume die glänzenden Sterne hängen. Die Sonne sahen sie niemals, und es galt schon für äußerst gefährlich, ihr Spiegelbild im Sommer zu erblicken.

Zu jenem Stamme der Waldleute, welchen der blinde *mata dalam* vorstand, gehörte auch der Jüngling Kubu, und er war der Führer und Vertreter der Jungen und Unzufriedenen. Es gab nämlich Unzufriedene, seit *mata dalam* älter und herrschsüchtiger geworden war. Bisher war es sein Vorrecht gewesen, daß er, der Blinde, von den andern mit Speise versorgt wurde, auch fragte man ihn um Rat und sang sein Waldlied. Allmählich aber führte er allerlei neue und lästige Bräuche ein, welche ihm, wie er sagte, von der Gottheit des Waldes im Traum waren geoffenbart worden. Ein paar Junge und Zweifler aber behaupteten, der Alte sei ein Betrüger und suche nur seinen eigenen Vorteil.

Das Neueste, was *mata dalam* eingeführt hatte, war eine Neumondfeier, wobei er in der Mitte eines Kreises saß und die Rindentrommel schlug. Die anderen Waldleute aber mußten so lange im Kreise tanzen und das Lied *golo elah* dazu singen, bis sie todmüde waren und in die Knie sanken. Dann mußte ein jeder sich das linke Ohr mit einem Dorn durchbohren, und die jungen Weiber mußten zu dem Priester geführt werden, und er durchbohrte einer jeden das Ohr mit einem Dorn.

Dieser Sitte hatte sich Kubu samt einigen seiner Altersgenossen entzogen, und ihr Bestreben war, auch die jungen Mädchen zum Widerstand zu überreden. Einmal hatten sie Aussicht, zu siegen und die Macht des Priesters zu brechen. Der Alte nämlich hielt wieder Neumondfest und durchbohrte den Weibchen das linke Ohr. Eine kräftige Junge aber schrie dabei furchtbar und leistete Widerstand, und darüber passierte es dem Blinden, daß er ihr mit dem Dorn ins Auge stach, und das Auge lief aus. Jetzt schrie das Mädchen so verzweifelt, daß alle herbeiliefen, und als man sah was geschehen war, schwieg man betroffen und unwillig. Als aber die Jungen sich triumphierend darein mischten und als Kubu den Priester an der Schulter zu packen wagte, da stand der Alte vor seiner Trommel auf und sagte mit krähend höhnischer Stimme einen so grauenhaften Fluch, daß alle entsetzt zurückflohen und dem Jüngling selber das Herz vor Entsetzen gefror. Der alte Priester sagte Worte, deren genauen Sinn niemand verstehen konnte, deren Art und Ton aber wild und grausig an die gefürchteten heiligen Worte der Gottesdienste anklang. Und er verfluchte des Jünglings Augen, die er dem Geier zum Fraße zusprach, und verfluchte seine Eingeweide, von welchen er prophezeite, sie würden eines Tages im freien Felde in der Sonne rösten. Dann aber befahl der Priester, der im Augenblick mehr Macht hatte als jemals, das junge Mädchen nochmals zu sich und stieß ihr den Dorn auch ins zweite Auge, und jedermann sah es mit Entsetzen, und niemand wagte zu atmen.

»Du wirst draußen sterben«, hatte der Alte den Kubu verflucht, und seither mied man den Jüngling als einen Hoffnungslosen. »Draußen« – das hieß: außerhalb der Heimat, außerhalb des dämmernden Waldes! »Draußen«, das bedeutete Schrecken, Sonnenbrand und glühende, tödliche Leere.

Entsetzt war Kubu weit hinweg geflohen, und als er

sah, daß jedermann vor ihm zurückwich, da verbarg er sich in einem hohlen Baumstamm und gab sich verloren. Tage und Nächte lag er, wechselnd zwischen Todesangst und Trotz, und ungewiß, ob nun die Leute seines Stammes kommen würden, ihn zu erschlagen, oder ob die Sonne selbst durch den Wald brechen, ihn belagern, erjagen und erlegen werde. Es kam aber weder Pfeil noch Lanze, weder Sonne noch Blitzstrahl, es kam nichts als eine tiefe Erschlaffung und die brüllende Stimme des Hungers.

Da stand Kubu wieder auf und kroch aus dem Baum, nüchtern und beinahe mit einem Gefühl von Enttäuschung.

»Es ist nichts mit dem Fluch des Priesters«, dachte er verwundert, und dann suchte er sich Speise, und als er gegessen hatte und wieder das Leben durch seine Glieder kreisen fühlte, da kam Stolz und Haß in seine Seele zurück. Jetzt *wollte* er nicht mehr zu den Seinen zurückkehren. Jetzt wollte er ein Einsamer und Ausgestoßener sein, einer, den man haßte und dem der Priester, das blinde Vieh, ohnmächtige Verfluchungen nachrief. Er wollte allein sein und allein bleiben, zuvor aber wollte er seine Rache nehmen.

Und er ging und sann. Er dachte über alles nach, was ihm jemals Zweifel erweckt hatte und als Trug erschienen war, und vor allem über die Trommel des Priesters und seine Feste, und je mehr er dachte und je länger er allein war, desto klarer konnte er sehen: ja, es war Trug, es war alles nur Trug und Lüge. Und da er schon so weit war, dachte er noch weiter und richtete sein wachsam gewordenes Mißtrauen vollends auf alles, was als wahr und heilig galt. Wie stand es zum Beispiel mit dem Waldgott und mit dem heiligen Waldlied? Oh, auch damit war es nichts, auch das war Schwindel! Und ein heimliches Entsetzen überwindend, stimmte er das Waldlied an, höhnisch mit verächtlicher Stimme und alle Worte verdrehend, und er rief dreimal den Namen der Waldgottheit, den außer dem Priester niemand bei Todesstrafe nennen durfte, und es blieb alles ruhig, und kein Sturm brach los, und kein Blitz zuckte nieder!

Manche Tage und Wochen irrte der Vereinsamte so umher, Falten über den Augen und mit stechendem Blick. Er ging auch, was noch niemand gewagt hatte, bei Vollmond an das Ufer des Stromes. Dort blickte er erst dem Spiegelbild des Mondes und dann dem Vollmond selber und allen Sternen lang und kühn in die Augen, und es geschah ihm kein Leid. Ganze Mondnächte saß er am Ufer, schwelgte im verbotenen Lichtrausch und pflegte seine Gedanken. Viele kühne und schreckliche Pläne stiegen in seiner Seele auf. Der Mond ist mein Freund, dachte er, und der Stern ist mein Freud, aber der alte Blinde ist mein Feind. Also ist das »Draußen« vielleicht besser als unser Drinnen, und vielleicht ist die ganze Heiligkeit des Waldes auch nur ein Gerede! Und er kam, um Generationen vor allen Menschen voraus, eines Nachts auf die verwegene und fabelhafte Idee, man könne ganz wohl einige Baumäste mit Bast zusammenbinden, sich darauf setzen und den Strom hinunterschwimmen. Seine Augen funkelten, und sein Herz schlug gewaltig. Aber es war nichts damit; der Strom war voll von Krokodilen.

Dann gab es also keinen anderen Weg in die Zukunft als den, den Wald an seinem Rande zu verlassen, falls es überhaupt ein Ende des Waldes gab, und sich alsdann der glühenden Leere, dem bösen »Draußen« anzuvertrauen. Jenes Ungeheuer, die Sonne, mußte aufgesucht und bestanden werden. Denn wer weiß? Am Ende war auch die uralte Lehre von der Furchtbarkeit der Sonne nur so eine Lüge!

Dieser Gedanke, der letzte in einer kühnen, fiebrig wilden Reihe, machte den Kubu erzittern. Das hatte in allen Weltaltern noch niemals ein Waldmensch gewagt, freiwillig den Wald zu verlassen und sich der schrecklichen

Sonne auszusetzen. Und wieder ging er Tage um Tage, seinen Gedanken tragend. Und endlich faßte er Mut. Er schlich mit Zittern am hellen Mittag gegen den Fluß, näherte sich lauernd dem glitzernden Ufer und suchte mit bangen Augen das Bildnis der Sonne im Wasser. Der Glanz schmerzte heftig in den geblendeten Augen, er mußte sie rasch wieder schließen, aber nach einer Weile wagte er es wieder und dann nochmals, und es gelang. Es war möglich, es war zu ertragen, und es machte sogar froh und mutig. Kubu hatte Vertrauen zur Sonne gefaßt. Er liebte sie, auch wenn sie ihn töten sollte, und er haßte den alten, finsteren, faulen Wald, wo die Priester quäkten und wo er, der Junge und Mutige, verfemt und ausgestoßen worden war.

Jetzt war sein Entschluß reif geworden, und er pflückte die Tat wie eine süße Frucht. Mit einem neuen, zügigen Hammer aus Eisenholz, dem er einen ganz dünnen und leichten Stiel gegeben hatte, ging er in der nächsten Morgenfrühe dem *mata dalam* nach, fand seine Spur und fand ihn selbst, schlug ihm den Hammer auf den Kopf und sah seine Seele aus dem gekrümmten Maul entfliehen. Er legte ihm seine Waffe auf die Brust, damit man wisse, durch wen der Alte gestorben sei, und auf die glatte Fläche des Hammers hatte er mit einer Muschelscherbe mühsam eine Schilderung geritzt, einen Kreis mit mehreren geraden Strahlen: das Bildnis der Sonne.

Mutig trat er seine Wanderschaft nach dem fernen »Draußen« an und ging vom Morgen bis zur Nacht in gerader Richtung und schlief nachts im Gezweige und setzte in der Frühe sein Wandern fort, viele Tage lang, über Bäche und schwarze Sümpfe, und schließlich über ansteigendes Land und moosige Steinbänke, wie er sie nie gesehen hatte, und endlich steiler hinan, von Schluchten aufgehalten, ins Gebirge hinein, immer durch den ewigen Wald, so daß er am Ende zweifelhaft und traurig wurde und den Gedanken erwog, vielleicht möchte es doch den

Geschöpfen des Waldes von einem Gott verboten sein, ihre Heimat zu verlassen.

Und da kam er eines Abends, nachdem er seit langem immerzu gestiegen und in immer höhere, trocknere, leichtere Lüfte gekommen war, unversehens an ein Ende. Der Wald hörte auf, aber mit ihm auch der Erdboden, es stürzte hier der Wald ins Leere der Luft hinab, als wäre an dieser Stelle die Welt entzweigebrochen. Zu sehen war nichts als eine ferne schwache Röte und oben einige Sterne, denn die Nacht hatte schon begonnen.

Kubu setzte sich an den Rand der Welt und band sich an den Schlingpflanzen fest, daß er nicht hinunterfalle. In Grauen und wilder Erregung verbrachte er kauernd die Nacht, ohne ein Auge zu schließen, und beim ersten Grauen der Frühe sprang er ungeduldig auf seine Füße und wartete, über das Leere gebeugt, auf den Tag.

Gelbe Streifen schönen Lichtes erglommen in der Ferne, und der Himmel schien in Erwartung zu zittern wie Kubu zitterte, der noch niemals das Werden des Tages im weiten Luftraum gesehen hatte. Und gelbe Lichtbündel flammten auf, und plötzlich sprang jenseits der ungeheuren Weltenschlucht die Sonne groß und rot in den Himmel. Sie sprang empor aus einem endlosen grauen Nichts, welches alsbald blauschwarz wurde: das Meer.

Und vor dem zitternden Waldmann lag entschleiert das »Draußen«. Vor seinen Füßen stürzte der Berg hinab bis in unkenntliche rauchende Tiefen, gegenüber sprang rosig und juwelenhaft ein Felsgebirge empor, zur Seite lag fern und riesig das dunkle Meer, und die Küste lief weiß und schaumig mit kleinen nickenden Bäumen darum her. Und über dies alles, über diese tausend neuen, fremden gewaltigen Formen zog die Sonne herauf und wälzte einen glühenden Strom von Licht über die Welt, die in lachenden Farben entbrannte.

Kubu vermochte nicht, der Sonne ins Gesicht zu sehen.

Aber er sah ihr Licht in farbigen Fluten um die Berge und Felsen und Küsten und fernen blauen Inseln strömen, und er sank nieder und neigte sein Gesicht zur Erde vor den Göttern dieser strahlenden Welt. Ach, wer war er, Kubu?! Er war ein kleines schmutziges Tier, das sein ganzes dumpfes Leben im dämmerigen Sumpfloch des dicken Waldes hingebracht hatte, scheu und finster und niederträchtigen Winkelgottheiten untertan. Aber hier war die Welt, und ihr oberster Gott war die Sonne, und der lange schmähliche Traum seines Waldlebens lag dahinten und begann schon jetzt in seiner Seele zu erlöschen wie das fahle Bild des toten Priesters. Auf Händen und Füßen kletterte Kubu den steilen Abgrund hinab, dem Licht und dem Meer entgegen, und über seine Seele zitterte in flüchtigem Glücksrausch die traumhafte Ahnung einer hellen, von der Sonne regierten Erde, auf welcher helle, befreite Wesen im Lichte lebten und niemand untertan wären als der Sonne. *(1914)*

Indischer Lebenslauf

Einer der von Vishnu, vielmehr dem als Rama menschgewordenen Teile von Vishnu, in einer seiner wilden Dämonenschlachten mit dem Sichelmondpfeil getöteten Dämonenfürsten war in Menschengestalt wieder in den Kreislauf der Gestaltungen eingetreten, hieß Ravana und lebte als kriegerischer Fürst an der großen Ganga. Dieser war Dasas Vater. Dasas Mutter starb früh, und kaum hatte deren Nachfolgerin, ein schönes und ehrgeiziges Weib, dem Fürsten einen Sohn geboren, so war ihr der kleine Dasa im Wege; statt seiner, des Erstgeborenen, dachte sie ihren eigenen Sohn Nala einst zum Herrscher weihen zu sehen, und so wußte sie Dasa seinem Vater zu entfremden und war gesonnen, ihn bei der ersten guten Gelegenheit aus dem Wege zu räumen. Einem von Ravanas Hofbrahmanen jedoch, Vasudeva dem Opferkundigen, blieb ihre Absicht nicht verborgen, und der Kluge verstand sie zu vereiteln. Ihm tat der Knabe leid, auch schien ihm der kleine Prinz von seiner Mutter eine Anlage zur Frömmigkeit und ein Gefühl für das Recht geerbt zu haben. Er hatte ein Auge auf Dasa, daß ihm nichts geschähe, und wartete nur auf eine Gelegenheit, ihn der Stiefmutter zu entziehen.

Es besaß nun der Rajah Ravana eine Herde dem Brahma geweihter Kühe, welche heilig gehalten und von deren Milch und Butter dem Gott häufige Opfer gebracht wurden. Ihnen waren im Lande die besten Weiden vorbehalten. Es kam eines Tages einer der Hirten dieser dem Brahma geweihten Kühe, um eine Fracht Butter abzuliefern und zu melden, daß in der Gegend, wo bisher die Herde geweidet, eine kommende Dürre sich anzeige, so daß sie, die Hirten, einig geworden seien, sie weiter fort gegen das Gebirge hin zu führen, wo es auch in der trokkensten Zeit an Quellen und frischem Futter nicht mangeln werde. Diesen Hirten, den er seit langem kannte, zog der Brahmane ins Vertrauen, es war ein freundlicher und treuer Mensch, und als am nächsten Tage der kleine Dasa, Ravanas Sohn, verschwunden war und nicht mehr gefunden werden konnte, waren Vasudeva und der Hirte die einzigen, welche um das Geheimnis seines Verschwindens wußten. Der Knabe Dasa aber war von dem Hirten mit in die Hügel genommen worden, dort trafen sie auf die langsam wandernde Herde, und Dasa schloß sich ihr und den Hirten gerne und freundlich an, wuchs als ein Hirtenknabe auf, half hüten und treiben, lernte melken, spielte mit den Kälbern und lag unter den Bäumen, trank süße Milch und hatte Kuhmist an den nackten Füßen. Ihm gefiel das wohl, er lernte die Hirten und Kühe und ihr Leben kennen, lernte den Wald kennen und seine Bäume und Früchte, liebte den Mango, die Waldfeige und den Varingabaum, fischte die süße Lotoswurzel aus grünen Waldteichen, trug an Festtagen einen Kranz aus den roten Blüten der Waldflamme, lernte vor den Tieren der Wildnis auf der Hut zu sein, den Tiger zu meiden, sich mit dem klugen Mungo und dem heiteren Igel zu befreunden, in dämmriger Schutzhütte die Regenzeiten zu überdauern; da spielten die Knaben Kinderspiele, sangen Verse oder flochten Körbe und Schilfmatten. Dasa vergaß seine vorige Heimat und sein voriges Leben nicht ganz, doch war es ihm bald ein Traum geworden.

Und eines Tages, die Herde hatte eine andere Gegend bezogen, ging Dasa in den Wald, denn er war willens, Honig zu suchen. Wunderbar lieb war ihm der Wald, seit er ihn kannte, und dieser hier schien überdies ein besonders schöner Wald zu sein, durch Laub und Geäst wie goldne Schlangen wand sich das Tageslicht, und wie die Laute sich, die Vogelrufe, das Wipfelgeflüster, die Stimmen der Affen, zu einem holden, sanft leuchtenden Geflecht verschlangen und kreuzten, dem des Lichtes im

Gehölze ähnlich, so kamen, verbanden und trennten sich wieder die Gerüche, die Düfte von Blüten, Hölzern, Blättern, Wassern, Moosen, Tieren, Früchten, Erde und Moder, herbe und süße, wilde und innige, weckende und schläfernde, muntre und beklommene. Zuzeiten rauschte in unsichtbarer Waldschlucht ein Gewässer auf, zuzeiten tanzte über weißen Dolden ein grünsamtener Falter mit schwarzen und gelben Flecken, zuzeiten krachte ein Ast tief im blauschattigen Gehölz, und schwer sank Laub in Laub, oder es röhrte ein Wild im Finstern oder schalt eine zänkische Äffin mit den Ihren. Dasa vergaß die Honigsuche, und indem er einige bunt blitzende Zwergvögel belauschte, sah er zwischen hohen Farnen, welche wie ein dichter kleiner Wald im großen Walde standen, eine Spur sich verlieren, etwas wie einen Weg, einen dünnen, winzigen Fußsteig, und indem er lautlos und vorsichtig eindrang und den Pfad verfolgte, entdeckte er unter einem vielstämmigen Baum eine kleine Hütte, eine Art von spitzem Zelt, aus Farnen gebaut und geflochten, und neben der Hütte an der Erde sitzend in aufrechter Haltung einen regungslosen Mann, der hatte die Hände zwischen den gekreuzten Füßen ruhen, und unter dem weißen Haar und der breiten Stirn schauten stille, blicklose Augen zur Erde gesenkt, offen, doch nach innen sehend. Dasa begriff, daß dies ein heiliger Mann und Yogin sei, es war nicht der erste, den er sah, sie waren ehrwürdige und von den Göttern bevorzugte Männer, es war gut, ihnen Gaben zu spenden und Ehrfurcht zu erweisen. Aber dieser hier, der vor seiner so schön und wohl verborgenen Farnhütte in aufrechter Haltung mit still hängenden Armen saß und der Versenkung pflegte, gefiel dem Knaben mehr und schien ihm seltsamer und ehrwürdiger als die, die er sonst gesehen hatte. Es umgab diesen Mann, der wie schwebend saß und entrückten Blickes doch alles zu sehen und zu wissen schien, eine Aura von Heiligkeit, ein Bannkreis der Würde, eine Woge und Flamme gesammelter Glut und Yoga-Kraft, welche der Knabe nicht zu durchschreiten oder mit einem Gruß oder Ruf zu durchbrechen gewagt hätte. Die Würde und Größe seiner Gestalt, das Licht von innen her, in welchem sein Antlitz strahlte, die Sammlung und eherne Unanfechtbarkeit in seinen Zügen sandten Wellen und Strahlen aus, in deren Mitte er thronte wie ein Mond, und die angehäufte Geisteskraft, der still gesammelte Wille in seiner Erscheinung spann einen solchen Zauberkreis um ihn, daß man wohl spürte: dieser Mann vermöchte mit einem bloßen Wunsch und Gedanken, ohne auch nur den Blick zu erheben, einen zu töten und wieder ins Leben zurückzurufen.

Regungsloser als ein Baum, der doch mit Laub und Zweigen atmend sich bewegt, regungslos wie ein steinernes Götterbild saß der Yogin an seinem Orte, und ebenso regungslos verharrte vom Augenblick an, in dem er ihn wahrgenommen, der Knabe, am Boden festgebannt, in Fesseln geschlagen und zauberisch angezogen von dem Bilde. Er stand und starrte den Meister an, sah einen Fleck Sonnenlicht auf seiner Schulter, einen Fleck Sonnenlicht auf einer seiner ruhenden Hände liegen, sah die Lichtflecken langsam wandern und neue entstehen und begann im Stehen und Staunen zu begreifen, daß die Sonnenlichter nichts mit diesem Mann zu tun hätten, noch die Vogelgesänge und Affenstimmen aus dem Wald ringsum, noch die braune Waldbiene, die sich ins Gesicht des Versunkenen setzte, an seiner Haut roch, eine Strecke weit über die Wange kroch und sich wieder erhob und von dannen flog, noch das ganze vielfältige Leben des Waldes. Dies alles, spürte Dasa, alles, was die Augen sehen, die Ohren hören, was schön oder häßlich, was lieblich oder furchterregend ist, dies alles stand in keiner Beziehung zu dem heiligen Mann, Regen würde ihn nicht kälten noch verdrießen, Feuer ihn nicht brennen können, die ganze Welt um ihn her war ihm Oberfläche und bedeutungslos geworden. Es lief die Ahnung davon, daß in der Tat vielleicht die ganze Welt nur Spiel und Oberfläche, nur Windhauch und Wellengekräusel über unbekannten Tiefen sein könnte, nicht als Gedanke, sondern als körperlicher Schauer und leichter Schwindel über den zuschauenden Hirtenprinzen hin, als eine Empfindung von Grauen und Gefahr und zugleich von Angezogenwerden in sehnlicher Begierde. Denn, so fühlte er, der Yogin war durch die Oberfläche der Welt, durch die Oberflächenwelt hinabgesunken in den Grund des Seienden, ins Geheimnis aller Dinge, er hatte das Zaubernetz der Sinne, die Spiele des Lichtes, der Geräusche, der Farben, der Empfindungen durchbrochen und von sich gestreift und weilte festgewurzelt im Wesentlichen und Wandellosen. Der Knabe, obwohl einst von Brahmanen erzogen und mit manchem Strahl geistigen Lichtes beschenkt, verstand dieses nicht mit dem Verstande und hätte mit Worten nichts darüber zu sagen gewußt, aber er spürte es, wie man zur gesegneten Stunde die Nähe des Göttlichen spürt, er spürte es als Schauer der Ehrfurcht und der Bewunderung für diesen Mann, spürte es als Liebe zu ihm und als Sehnsucht nach einem Leben, wie dieser in der Versenkung Sitzende es zu leben schien. Und so stand Dasa, auf wunderliche Weise durch den Alten an seine Herkunft, an Fürsten- und Königtum erinnert und im Herzen berührt, am Rande der Farnwildnis, ließ die Vögel fliegen und die Bäume ihre sanftrauschenden Gespräche führen, ließ den Wald Wald und die ferne Herde Herde sein, ergab sich dem Zauber und blickte auf den meditierenden Einsiedler, eingefangen von der unbegreiflichen Stille und Unberührbarkeit seiner Gestalt, von der lichten Ruhe seines Antlitzes, von der Kraft und Sammlung seiner Haltung, der vollkommenen Hingabe seines Dienstes.

Nachher hätte er nicht sagen können, ob es zwei oder drei Stunden, oder ob es Tage waren, die er bei jener Hütte verbracht hatte. Als der Zauber ihn wieder entließ, als er sich lautlos den Pfad zwischen den Farnkräutern zurückschlich, den Weg aus dem Walde suchte und schließlich wieder bei den offenen Weidegründen und der Herde anlangte, tat er es, ohne zu wissen, was er tue, noch war seine Seele bezaubert, und er erwachte erst, als einer der Hirten ihn anrief. Dieser empfing ihn mit lauten Scheltworten wegen seines langen Fortbleibens, aber als Dasa ihn groß und verwundert anschaute, als verstehe er die Worte nicht, schwieg der Hirt alsbald, über den so ungewohnten, fremden Blick des Knaben und seine feierliche Haltung erstaunt. Nach einer Weile aber fragte er: »Wo bist du denn gewesen, Lieber? Hast du etwa einen Gott gesehen oder bist einem Dämon begegnet?«

»Ich war im Walde«, sagte Dasa, »es zog mich dorthin, ich wollte nach Honig suchen. Aber dann vergaß ich es, denn ich sah dort einen Mann, einen Einsiedler, der saß da und war in Nachdenken versunken oder in Gebet, und als ich ihn sah und wie sein Gesicht leuchtete, mußte ich stehenbleiben und ihn ansehen, eine lange Zeit. Ich möchte am Abend hingehen und ihm Gaben bringen, er ist ein heiliger Mann.«

»Tu es«, sagte der Hirt, »bring ihm Milch und süße Butter; man soll sie ehren und soll ihnen geben, den Heiligen.«

»Aber wie soll ich ihn anreden?«

»Du brauchst ihn nicht anzureden, Dasa, bücke dich nur vor ihm und stelle die Gaben vor ihm nieder, mehr ist nicht vonnöten.«

So tat er denn. Er brauchte eine Weile, bis er den Ort wiederfand. Der Platz vor der Hütte war leer, und in die Hütte selbst einzutreten, wagte er nicht, so stellte er seine Gaben vor dem Eingang der Hütte auf den Boden und entfernte sich.

Solange nun die Hirten mit den Kühen in der Nähe des Ortes blieben, brachte er jeden Abend Spenden dorthin, und auch am Tage ging er einmal wieder hin, fand den

Ehrwürdigen der Versenkung pflegen und widerstand auch dieses Mal der Verlockung nicht, als beseligter Zuschauer einen Strahl von der Kraft und der Glückseligkeit des Heiligen zu empfangen. Und auch nachdem man die Gegend verlassen und Dasa die Herde auf neue Weidegründe zu treiben geholfen hatte, konnte er das Erlebnis im Walde noch lange Zeit nicht vergessen, und wie es die Art von Knaben ist, gab er zuweilen, wenn er allein war, sich dem Traume hin, sich selbst als einen Einsiedler und Yogakundigen zu sehen. Indessen begannen mit der Zeit die Erinnerung und das Traumbild blasser zu werden, um so mehr, da Dasa nun rasch zu einem kräftigen Jüngling heranwuchs und sich den Spielen und Kämpfen mit seinesgleichen mit freudigem Eifer hingab. Doch blieb ein Schimmer und eine leise Ahnung in seiner Seele zurück, als könnte das Prinzentum und Fürstentum, das ihm verlorengegangen war, ihm einst ersetzt werden durch die Würde und Macht des Yogitums.

Eines Tages, da sie sich in der Nähe der Stadt befanden, brachte einer der Hirten von dort die Nachricht, daß daselbst ein gewaltiges Fest bevorstehe: der alte Fürst Ravana, von seiner einstigen Kraft verlassen und hinfällig geworden, hatte einen Tag festgesetzt, an welchem sein Sohn Nala seine Nachfolge antreten und zum Fürsten ausgerufen werden sollte. Dieses Fest wünschte Dasa zu besuchen, um die Stadt einmal zu sehen, an welche aus der Kindheit her kaum noch eine leise Spur von Erinnerung in seiner Seele lebte, um die Musik zu hören, den Festzug und die Wettkämpfe der Adligen anzuschauen und auch einmal jener unbekannten Welt der Stadtmenschen und der Großen ansichtig zu werden, die in den Sagen und Märchen so oft geschildert wurde und von der er, auch dies war nur eine Sage oder ein Märchen oder noch weniger, wußte, daß sie einst, in einer Vorzeit, auch seine eigene Welt gewesen sei. Es war den Hirten Befehl zugegangen, für die Opfer des Festtages eine Last Butter an den Hof zu liefern, und Dasa gehörte zu seiner Freude zu den dreien, welche der Oberhirt für diesen Auftrag bestimmte.

Um die Butter abzuliefern, trafen sie am Vorabend bei Hofe ein, und der Brahmane Vasudeva nahm sie ihnen ab, denn er war es, der dem Opferdienste vorstand, doch erkannte er den Jüngling nicht. Mit großer Begierde nahmen alsdann die drei Hirten an dem Fest teil, sahen schon früh am Morgen unter des Brahmanen Leitung die Opfer beginnen und die goldglänzende Butter in Mengen von den Flammen gepackt und in himmelauflodernde Flamme verwandelt werden, hochauf ins Unendliche schlug das Geflacker und der fettgetränkte Rauch, den dreimal zehn Göttern angenehm. Sie sahen im Festzug die Elefanten mit vergoldeten Dächern über den Plattformen, auf welchen die Reiter saßen, sahen den blumengeschmückten Königswagen und den jungen Rajah Nala und hörten die gewaltig schallende Paukenmusik. Es war alles sehr großartig und prangend und auch ein wenig lächerlich, wenigstens erschien es dem jungen Dasa so; er war betäubt und entzückt, ja berauscht von dem Lärm, von den Wagen und geschmückten Pferden, von all der Pracht und prahlerischen Verschwendung, war sehr entzückt von den Tänzerinnen, die dem Fürstenwagen voraustanzten, mit Gliedern schlank und zäh wie Lotosstengel, war erstaunt über die Größe und Schönheit der Stadt, und betrachtete dennoch und trotz alledem, mitten in der Berauschung und Freude, alles ein wenig mit dem nüchternen Sinn des Hirten, der den Städter im Grunde verachtet. Daran, daß eigentlich er selbst der Erstgeborene war, daß hier vor seinen Augen sein Stiefbruder Nala, an welchen ihm keine Erinnerung geblieben war, gesalbt, geweiht und gefeiert werde, daß eigentlich er selbst, Dasa, an dessen Stelle im blumengeschmückten Wagen hätte fahren sollen, dachte er nicht. Dagegen mißfiel ihm allerdings dieser junge Nala durchaus, er schien ihm dumm und böse zu sein in seiner Verwöhntheit und unerträglich eitel in seiner geschwollenen Selbstanbetung, gern hätte er diesem den Fürsten spielenden Jüngling einen Streich gespielt und eine Lehre erteilt, doch war dazu keine Gelegenheit, und rasch vergaß er es wieder über dem vielen, was zu sehen, zu hören, zu lachen, zu genießen war. Die Stadtfrauen waren hübsch und hatten kecke, aufregende Blicke, Bewegungen und Redensarten, die drei Hirten bekamen manches Wort zu hören, das ihnen noch lang in den Ohren klang. Die Worte wurden zwar mit einem Beiklang von Spott gerufen, denn es geht dem Städter mit dem Hirten ebenso wie dem Hirten mit dem Städter: einer verachtet den andern; aber trotzdem gefielen die schönen, starken, mit Milch und Käse genährten, das ganze Jahr fast immer unter freiem Himmel lebenden Jünglinge den Stadtfrauen sehr.

Als Dasa von diesem Fest zurückkehrte, war er ein Mann geworden, stellte den Mädchen nach und mußte manchen schweren Faust- und Ringkampf mit anderen Jünglingen bestehen. Da kamen sie wieder einmal in eine andere Gegend, eine Gegend mit flachen Weiden und manchen stehenden Wassern, die in Binsen und Bambus standen. Hier sah er ein Mädchen, Pravati mit Namen, und wurde von einer unsinnigen Liebe zu diesem schönen Weibe ergriffen. Sie war die Tochter eines Pächters, und Dasas Verliebtheit war so groß, daß er alles andere vergaß und hinwarf, um sie zu erlangen. Als die Hirten nach einiger Zeit die Gegend wieder verließen, hörte er nicht auf ihre Mahnungen und Ratschläge, sondern nahm Abschied von ihnen und vom Hirtenleben, das er so sehr geliebt hatte, wurde seßhaft und brachte es dazu, daß er Pravati zur Frau bekam. Er bestellte des Schwiegervaters Hirsefelder und Reisfelder, half in der Mühle und im Holz, baute seinem Weib eine Hütte aus Bambus und Lehm und hielt es darin verschlossen. Es muß eine gewaltige Macht sein, welche einen jungen Mann dazu bewegen kann, auf seine bisherigen Freuden und Kameraden und Gewohnheiten zu verzichten, sein Leben zu ändern und unter Fremden die nicht beneidenswerte Rolle des Schwiegersohnes zu übernehmen. So groß war die Schönheit Pravatis, so groß und verlockend war die Verheißung inniger Liebeslust, die von ihrem Gesicht und ihrer Gestalt ausstrahlte, daß Dasa für alles andre erblindete und sich diesem Weibe völlig hingab, und in der Tat empfand er in ihren Armen ein großes Glück. Von manchen Göttern und Heiligen erzählt man Geschichten, daß sie, von einer entzückenden Frau bezaubert, dieselbe tage-, monde- und jahrelang umarmt hielten und mit ihr verschmolzen blieben, ganz in Lust versunken, jeder anderen Verrichtung vergessend. So hätte auch Dasa sich sein Los und seine Liebe gewünscht. Indessen war ihm anderes beschieden, und sein Glück währte nicht lange. Es währte etwa ein Jahr, und auch diese Zeit war nicht von lauter Glück ausgefüllt, es blieb noch Raum für mancherlei, für lästige Ansprüche des Schwiegervaters, für Sticheleien von seiten der Schwäger, für Launen der jungen Frau. Sooft er aber zu ihr sich aufs Lager begab, war dies alles vergessen und zu nichts geworden, so zauberhaft zog ihr Lächeln ihn an, so süß war es ihm, ihre schlanken Glieder zu streicheln, so mit tausend Blüten, Düften und Schatten blühte der Garten der Wollust an ihrem jungen Leibe.

Noch war das Glück kein ganzes Jahr alt geworden, da kam eines Tages Unruhe und Lärm in die Gegend. Es erschienen berittene Boten und meldeten den jungen Rajah an, es erschien mit Mannen, Pferden und Troß der junge Rajah selbst, Nala, um in der Gegend der Jagd obzuliegen, es wurden da und dort Zelte aufgeschlagen, man hörte Rosse schnauben und Hörner blasen. Dasa kümmerte sich nicht darum, er arbeitete im Felde, besorgte die Mühle und wich den Jägern und Hofleuten aus. Als er aber an einem dieser Tage in seine Hütte heimkehrte und sein Weib nicht darin fand, dem er jeden Ausgang in dieser Zeit aufs strengste verboten hatte, da spürte er einen Stich im Herzen und ahnte, daß sich Unglück über seinem Haupt ansammle. Er eilte zum Schwiegervater, auch da war Pravati nicht, und niemand wollte sie gesehen haben. Der bange Druck auf seinem Herzen wuchs. Er suchte den Kohlgarten, die Felder ab, er war einen Tag und zwei Tage zwischen seiner Hütte und der des Schwiegervaters unterwegs, lauerte im Acker, stieg in den Brunnen hinab, betete, rief ihren Namen, lockte, fluchte, suchte Fußspuren. Der jüngste seiner Schwäger, ein Knabe noch, verriet ihm endlich, Pravati sei beim Rajah, sie wohne in seinem Zelt, man habe sie auf seinem Pferd reiten sehen. Dasa umlauerte das Zeltlager Nalas, unsichtbar, er hatte die Schleuder bei sich, die er einst als Hirt gebraucht hatte. Sooft das Fürstenzelt, bei Tag oder Nacht, einen Augenblick unbewacht schien, pirschte er sich heran, aber jedesmal tauchten alsbald Wachen auf, und er mußte fliehen. Von einem Baume, in dessen Gezweig verborgen er auf das Lager niederblickte, sah er den Rajah, dessen Gesicht ihm schon von jenem Fest in der Stadt her bekannt und widerwärtig war, sah ihn zu Pferd steigen und ausreiten, und als er nach Stunden wiederkam, vom Pferd stieg und das Zelttuch zurückschlug, war es ein junges Weib, das Dasa im Zeltschatten sich bewegen und den Heimkehrenden begrüßen sah, und es fehlte wenig, so wäre er vom Baum gefallen, als er in diesem jungen Weibe Pravati, seine Frau, erkannte. Er hatte jetzt Gewißheit, und der Druck um sein Herz wurde stärker. War das Glück seiner Liebe mit Pravati groß gewesen, nicht minder groß, ja größer war nun das Leid, die Wut, das Gefühl von Verlust und Beleidigung. So ist es, wenn ein Mensch sein Liebesvermögen auf einen einzigen Gegenstand gesammelt hat; mit dessen Verlust stürzt ihm alles zusammen, und er steht arm zwischen Trümmern.

Einen Tag und eine Nacht irrte Dasa in den Gehölzen

der Gegend umher, aus jeder kurzen Rast trieb den Ermüdeten das Elend seines Herzens wieder empor, er mußte laufen und sich rühren, es war ihm, als müsse er laufen und wandern bis an der Welt Ende und bis ans Ende seines Lebens, das seinen Wert und Glanz verloren hatte. Dennoch lief er nicht ins Weite und Unbekannte, sondern hielt sich immerzu in der Nähe seines Unglücks, umkreiste seine Hütte, die Mühle, die Äcker, das fürstliche Jagdzelt. Am Ende barg er sich wieder in den Bäumen überm Zelte, hockte und lauerte bitter und glühend wie ein hungerndes Raubtier im laubigen Versteck, bis der Augenblick kam, auf den er seine letzten Kräfte gespannt hielt, bis der Rajah vors Zelt trat. Da ließ er sich leise vom Ast gleiten, holte aus, schwang die Schleuder und traf mit dem Feldstein den Verhaßten in die Stirn, daß er hinstürzte und regungslos auf dem Rücken lag. Niemand schien zugegen; durch den Sturm von Wollust und Rachegenuß, der Dasas Sinne durchbrauste, drang einen Augenblick erschreckend und wunderlich eine tiefe Stille. Und noch ehe es um den Erschlagenen laut wurde und von Dienern zu wimmeln begann, war er im Gehölz und in der talwärts anschließenden Bambuswildnis verschwunden.

Während er vom Baum gesprungen war, während er im Rausch der Tat seine Schleuder gewirbelt und den Tod entsendet hatte, war ihm so gewesen, als lösche er auch sein eigenes Leben damit aus, als entließe er die letzte Kraft und werfe sich, mit dem tötenden Steine fliegend, selber in den Abgrund der Vernichtung, einverstanden mit dem Untergang, wenn nur der gehaßte Feind einen Augenblick vor ihm fiele. Nun aber, da der Tat jener unerwartete Augenblick der Stille antwortete, zog Lebensgier, von der er noch eben nichts gewußt, ihn vom offenen Abgrund zurück, nahm Urtrieb sich seiner Sinne und Glieder an, hieß ihn Wald und Bambusdickicht aufsuchen, befahl ihm zu fliehen und unsichtbar zu werden.

Erst als er eine Zuflucht erreicht und der ersten Gefahr sich entzogen hatte, kam er zum Bewußtsein dessen, was mit ihm geschah. Indem er tief erschöpft zusammensank und um Atem rang, und indem in der Entkräftung der Tatrausch sich verlor und der Ernüchterung Raum gab, empfand er zuerst eine Enttäuschung und einen Widerwillen darüber, sich am Leben und entkommen zu sehen. Aber kaum hatte sein Atem sich beruhigt und der Schwindel der Erschöpfung sich gelegt, so wich dieses flaue und widrige Gefühl einem Trotz und Lebenswillen, und es kehrte nochmals die wilde Freude über seine Tat in sein Herz zurück.

Es wurde in Bälde lebendig in seiner Nähe, die Suche und Jagd nach dem Totschläger hatte begonnen, sie dauerte den ganzen Tag, und er entging ihr nur dadurch, daß er lautlos im Versteck verharrte, das der Tiger wegen niemand allzu tief durchwaten mochte. Er schlief ein weniges, lag wieder lauernd, kroch weiter, rastete aufs neue, war am dritten Tag nach der Tat schon jenseits der Hügelkette und wanderte unaufhaltsam weiter ins höhere Gebirg hinein.

Das heimatlose Leben führte ihn da- und dorthin, es machte ihn härter und gleichgültiger, auch klüger und resignierter, doch träumte er nachts immer wieder von Pravati und seinem einstmaligen Glück, oder was er nun so nannte, träumte viele Male auch von seiner Verfolgung und Flucht, schreckliche und herzbeklemmende Träume wie etwa diesen: daß er durch die Wälder fliehe, hinter sich mit Trommeln und Jagdhörnern die Verfolger, und daß er durch Wald und Sumpf, durch Dörnicht und über brechende morsche Brücken hinweg etwas trage, eine Last, einen Packen, etwas Eingewickeltes, Verhülltes, Unbekanntes, wovon er nur wußte, es sei kostbar und dürfe unter keinen Umständen aus den Händen gegeben werden, etwas Wertvolles und Gefährdetes, einen Schatz, etwas Gestohlenes vielleicht, gewickelt in ein Tuch, einen farbigen Stoff mit einem braunrot und blauen Muster, wie es das Festkleid Pravatis gehabt hatte – daß er also, mit diesem Packen, Raub oder Schatz beladen, unter Gefahren und Mühsalen fliehe und schleiche, unter tiefhängenden Ästen und überhängenden Felsen gebückt hindurch, an Schlangen vorbei und über schwindelnd schmale Stege über Flüssen voll von Krokodilen, daß er schließlich gehetzt und erschöpft stehenbleibe, daß er an den Knoten nestle, mit denen sein Pakken verschnürt war, daß er sie einen um den andern löse und das Tuch entbreite, und daß der Schatz, den er nun herausnahm und in schaudernden Händen hielt, sein eigener Kopf sei.

Er lebte verborgen und auf Wanderung, die Menschen nicht eigentlich mehr fliehend, doch eher meidend. Und eines Tages führte die Wanderung ihn durch eine grasreiche Hügelgegend, die mutete ihn schön und heiter an und schien ihn zu begrüßen, als müsse er sie kennen: bald war es ein Wiesengrund, mit sanftwehender Grasblüte, bald war es eine Gruppe von Salweiden, die er erkannte und die ihn an die heitere und unschuldige Zeit gemahnte, da er von Liebe und Eifersucht, von Haß und Rache noch nichts gewußt hatte. Es war das Weideland, in dem er einst mit seinen Kameraden die Herde gehütet hatte, es war die heiterste Zeit seiner Jugend gewesen, aus fernen Tiefen der Unwiederbringlichkeit blickte sie zu ihm herüber. Eine süße Traurigkeit in seinem Herzen gab den Stimmen Antwort, die ihn hier begrüßten, dem fächelnden Wind im silbern wehenden Weidenbaume, dem frohen raschen Marschlied der kleinen Bäche, dem Gesang der Vögel und dem tiefen goldnen Brausen der Hummeln. Wie Zuflucht und Heimat klang und duftete es hier, noch nie hatte er, des schweifenden Hirtenlebens gewohnt, eine Gegend so als ihm zugehörig und heimatlich empfunden.

Von diesen Stimmen in seiner Seele begleitet und geführt, mit Gefühlen ähnlich denen eines Heimgekehrten, wandelte er durch das freundliche Land, seit schrecklichen Monaten zum erstenmal nicht als ein Fremdling, als ein Verfolgter, Flüchtiger und dem Tod Verschriebener, sondern bereiten Herzens, an nichts denkend, nichts begehrend, ganz der stillheitern Gegenwart und Nähe ergeben, empfangend, dankbar und ein wenig über sich selbst und über diesen neuen, ungewohnten, zum erstenmal und mit Entzücken erlebten Seelenzustand verwundert, über diese wunschlose Aufgeschlossenheit, diese Heiterkeit ohne Spannung, diese aufmerksame und dankbare Art betrachtenden Genießens. Es zog ihn über die grünen Weiden hin zum Wald, unter die Bäume, in die mit kleinen Sonnenflecken bestreute Dämmerung, und hier verstärkte sich jenes Gefühl von Wiederkehr und Heimat und führte ihn Wege, die seine Füße von selbst zu finden schienen, bis er durch eine Farnwildnis, einen dichten Kleinwald inmitten des großen Waldes, zu einer winzigen Hütte gelangte, und vor der Hütte an der Erde saß der regungslose Yogin, den er einst belauscht und dem er Milch gebracht hatte.

Wie erwachend blieb Dasa stehen. Hier war alles, wie es einst gewesen war, hier war keine Zeit vergangen, war nicht gemordet und gelitten worden; hier stand, so schien es, die Zeit und das Leben fest wie Kristall, gestillt und verewigt. Er betrachtete den Alten, und es kehrte in sein Herz jene Bewunderung, Liebe und Sehnsucht zurück, die er einst bei seinem ersten Anblick empfunden hatte. Er betrachtete die Hütte und dachte bei sich, daß es wohl nötig wäre, sie vor dem Anbruch der nächsten Regenzeit etwas auszubessern. Dann wagte er ein paar vorsichtige Schritte, trat ins Innere der Hütte und spähte, was sie enthalte; es war nicht viel, es war beinahe nichts: ein Lager aus Laub, eine Kürbisschale mit etwas Wasser darin und ein leerer Bastbeutel. Den Beutel nahm er und ging mit ihm davon, suchte im Walde nach Speise, brachte

Früchte und süßes Baummark mit, dann ging er mit der Schale und füllte sie mit frischem Wasser. Nun war getan, was hier getan werden konnte. So wenig brauchte einer, um zu leben. Dasa kauerte sich auf die Erde und versank in Träumerei. Er war zufrieden mit diesem schweigenden Ruhen und Träumen im Walde, er war zufrieden mit sich selbst, mit der Stimme in seinem Innern, die ihn hierher geführt hatte, wo er schon als Jüngling einst etwas wie Friede, Glück und Heimat gespürt hatte.

So blieb er denn bei dem Schweigsamen. Er erneuerte dessen Laubstreu, suchte Speise für sie beide, besserte dann die alte Hütte aus und begann mit dem Bau einer zweiten, die er in geringer Entfernung für sich selber errichtete. Der Alte schien ihn zu dulden, doch war nicht eigentlich zu erkennen, ob er ihn überhaupt wahrgenommen habe. Wenn er aus seiner Versenkung aufstand, war es nur, um in die Hütte schlafen zu gehen, um einen Bissen zu essen oder einen kurzen Gang in den Wald zu tun. Dasa lebte neben dem Ehrwürdigen wie ein Diener in der Nähe eines Großen, oder eher noch wie ein kleines Haustier, ein zahmer Vogel oder etwa ein Mungo neben Menschen hinlebt, dienstbar und kaum bemerkt. Da er eine lange Zeit flüchtig und verborgen gelebt hatte, unsicher, schlechten Gewissens und stets auf Verfolgung gefaßt, tat das ruhige Leben, die mühelose Arbeit und die Nachbarschaft eines Menschen, der seiner gar nicht zu achten schien, für eine Weile sehr wohl, er schlief ohne Angstträume und vergaß für halbe und ganze Tage das, was geschehen war. An die Zukunft dachte er nicht, und wenn eine Sehnsucht oder ein Wunsch ihn erfüllte, so war es der, hier zu bleiben und von dem Yogin in das Geheimnis eines einsiedlerischen Lebens aufgenommen und eingeweiht, selber ein Yogin und des Yogitums und seiner stolzen Unbekümmertheit teilhaftig zu werden. Er hatte begonnen, des öfteren die Haltung des Ehrwürdigen nachzuahmen, gleich ihm mit gekreuzten Beinen regungslos zu sitzen, gleich ihm in eine unbekannte und überwirkliche Welt zu blicken und für das, was ihn umgab, unempfindlich zu werden. Dabei war er meistens recht bald ermüdet, hatte steife Glieder und Schmerzen im Rücken bekommen, war von Mücken belästigt oder von wunderlichen Empfindungen auf der Haut, von Jucken und Reizungen überfallen worden, welche ihn zwangen, sich wieder zu rühren, sich zu kratzen und am Ende wieder aufzustehen. Einige Male aber hatte er auch anderes empfunden, nämlich ein Leerwerden, Leichtwerden und Schweben, wie es einem etwa in manchen Träumen gelingt, wo man die Erde nur je und je ganz leicht berührt und sich sanft von ihr abstößt, um wieder gleich einer Wollflocke zu schweben. In diesen Augenblicken war ihm eine Ahnung davon aufgegangen, wie es sein müßte, dauernd so zu schweben, wie da der eigene Leib und die eigene Seele ihre Schwere ablegen und im Atem eines größeren, reineren, sonnenhaften Lebens mitschwingen müßten, erhoben und aufgesogen von einem Jenseits, einem Zeitlosen und Unwandelbaren. Doch waren es Augenblicke und Ahnungen geblieben. Und er dachte, wenn er enttäuscht aus solchen Augenblicken ins Altgewohnte zurückfiel, er müßte es dahin bringen, daß der Meister sein Lehrer würde, daß er ihn in seine Übungen und geheimen Künste einführte und auch ihn zu einem Yogin machte. Doch wie sollte das geschehen? Es schien nicht so, als werde der Alte ihn jemals mit seinen Augen wahrnehmen, als könnten jemals zwischen ihnen Worte gewechselt werden. Der Alte schien, wie er jenseits von Tag und Stunde, von Wald und Hütte war, auch jenseits der Worte zu sein.

Und doch sprach er eines Tages ein Wort. Es kam jetzt eine Zeit, in welcher Dasa Nacht für Nacht wieder träumte, verwirrend süß oft und oft verwirrend gräßlich, entweder von seinem Weibe Pravati oder von den Schrekken des Flüchtlingslebens. Und bei Tage machte er keine Fortschritte, hielt das Sitzen und Sichüben nicht lange aus, mußte an Weiber und Liebe denken, trieb sich viel im Walde herum. Es mochte die Witterung daran schuld sein, es waren schwüle Tage mit heißen Windstößen. Und nun war wieder solch ein schlechter Tag, die Mücken schwirrten, Dasa hatte in der Nacht wieder einen schweren, Angst und Druck hinterlassenden Traum gehabt, dessen Inhalt er zwar nicht mehr wußte, der ihm nun im Wachen aber wie ein kläglicher und eigentlich unerlaubter und tief beschämender Rückfall in frühere Zustände und Lebensstufen erschien. Den ganzen Tag schlich und hockte er finster und unruhig um die Hütte herum, spielte mit dieser und jener Arbeit, setzte sich auch mehrmals zur Versenkungsübung nieder, aber dann überfiel ihn jedesmal sofort eine fiebrige Unrast, es zuckte ihm in den Gliedern, krabbelte ihm wie Ameisen in den Füßen, brannte ihn im Nacken, er hielt es kaum für Augenblicke aus und blickte scheu und beschämt zum Alten hinüber, der in vollkommener Stellung hockte und dessen Gesicht mit nach innen gewendeten Augen in unantastbar stiller Heiterkeit schwebte wie ein Blumenhaupt.

Als nun an diesem Tage der Yogin sich erhob und zu seiner Hütte wendete, trat ihm Dasa, der lange auf den Augenblick gelauert hatte, in den Weg, und mit dem Mut des Geängstigten sprach er ihn an: »Ehrwürdiger«, sprach er, »verzeih, daß ich in deine Ruhe eingedrungen bin. Ich suche Frieden, ich suche Ruhe, ich möchte leben wie du und werden wie du. Sieh, ich bin noch jung, aber ich habe schon viel Leid kosten müssen, grausam hat das Schicksal mit mir gespielt. Ich war zum Fürsten geboren und wurde zu den Hirten verstoßen, ich wurde ein Hirt, wuchs heran, froh und kräftig wie ein junges Rind, unschuldig im Herzen. Dann gingen mir die Augen für die Frauen auf, und als ich die Schönste zu Gesicht bekam, habe ich mein Leben in ihren Dienst gestellt, ich wäre gestorben, wenn ich sie nicht bekommen hätte. Ich verließ meine Gefährten, die Hirten, ich warb um Pravati, ich bekam sie, ich wurde Schwiegersohn und diente, hart mußte ich arbeiten, aber Pravati war mein und liebte mich, oder ich glaubte doch, sie liebe mich, jeden Abend kehrte ich in ihre Arme zurück, lag an ihrem Herzen. Sieh, da kommt der Rajah in die Gegend, derselbe, dessentwegen ich einst als Kind vertrieben worden war, der kam und hat mir Pravati weggenommen, ich mußte sie in seinen Armen sehen. Es war der größte Schmerz, den ich erfahren habe, er hat mich und mein Leben ganz verwandelt. Ich habe den Rajah erschlagen, ich habe getötet, und habe das Leben des Verbrechers und Verfolgten geführt, alles war hinter mir her, keine Stunde war ich meines Lebens sicher, bis ich hierher geriet. Ich bin ein törichter Mensch, Ehrwürdiger, ich bin ein Totschläger, vielleicht wird man mich noch fangen und vierteilen. Ich mag dieses schreckliche Leben nicht mehr ertragen, ich möchte seiner ledig werden.«

Der Yogin hatte dem Ausbruch ruhig mit niedergeschlagenen Augen zugehört. Jetzt schlug er sie auf und richtete seinen Blick auf Dasas Gesicht, einen hellen, durchdringenden, beinah unerträglich festen, gesammelten und lichten Blick, und während er Dasas Gesicht betrachtete und seiner hastigen Erzählung nachdachte, verzog sein Mund sich langsam zu einem Lächeln und zu einem Lachen, mit lautlosem Lachen schüttelte er den Kopf und sagte lachend: »Maya! Maya!«

Ganz verwirrt und beschämt blieb Dasa stehen, der andere erging sich vor dem Imbiß ein wenig auf dem schmalen Pfad in den Farnen, gemessen und taktfest wandelte er auf und nieder, nach einigen hundert Schritten kam er zurück und ging in seine Hütte, und sein Gesicht war wieder wie immer, anderswohin gekehrt als zur Welt der Erscheinungen. Was war doch dies für ein Lachen gewesen, das dem armen Dasa aus diesem allezeit gleich unbewegten Antlitz geantwortet hatte! Lange hatte er daran zu sinnen. War es wohlwollend oder höhnend gewesen, dieses schreckliche Lachen im Augenblick von Dasas verzweifeltem Geständnis und Flehen, tröstlich oder verurteilend, göttlich oder dämonisch? War es nur das zynische Meckern des Alters gewesen, das nichts mehr ernst zu nehmen vermag, oder die Belustigung des Weisen über fremde Torheit? War es eine Ablehnung, ein Abschied, ein Fortschicken? Oder wollte es ein Rat sein, eine Aufforderung an Dasa, es ihm nachzutun und selber mitzulachen? Er konnte es nicht enträtseln. Noch spät in die Nacht hinein sann er diesem Gelächter nach, zu welchem sein Leben, sein Glück und Elend für diesen Alten geworden zu sein schien, seine Gedanken kauten an diesem Gelächter herum wie an einer harten Wurzel, die aber doch nach irgend etwas schmeckt und duftet. Und ebenso kaute und sann und mühte er sich an diesem Wort, das der Alte so hell ausgerufen hatte, so heiter und unbegreiflich vergnügt hatte er es hervorgelacht: »Maya, Maya!« Was das Wort ungefähr meine, wußte er halb, halb ahnte er es, und auch die Art, wie der Lachende es ausgerufen hatte, schien einen Sinn erraten zu lassen. Maya, das war Dasas Leben, Dasas Jugend, Dasas süßes Glück und bitteres Elend, Maya war die schöne Pravati, Maya war die Liebe und ihre Lust, Maya das ganze Leben. Dasas Leben und aller Menschen Leben, alles war in dieses alten Yogin Augen Maya, war etwas wie eine Kinderei, ein Schauspiel, ein Theater, eine Einbildung, ein Nichts in bunter Haut, eine Seifenblase, war etwas, worüber man mit einem gewissen Entzücken lachen und was man zugleich verachten, keinesfalls aber ernst nehmen konnte.

War nun aber für den alten Yogin Dasas Leben mit jenem Gelächter und dem Wort Maya erledigt und abgetan, für Dasa selbst war es nicht so, und so sehr er wünschen mochte, selber ein lachender Yogin zu sein und in seinem eigenen Leben nichts als Maya zu erkennen, es war doch seit diesen unruhigen Tagen und Nächten alles wieder in ihm wach und lebendig, was er nach der Erschöpfung der Flüchtlingszeit eine Weile hier in seiner Zuflucht beinah vergessen zu haben schien. Äußerst gering erschien ihm die Hoffnung, daß er je die Yogakunst wirklich erlernen oder gar es dem Alten würde gleichtun können. Dann aber – was hatte dann sein Verweilen in diesem Wald noch für einen Sinn? Es war eine Zuflucht gewesen, er hatte hier ein wenig aufgeatmet und Kräfte gesammelt, war ein wenig zur Besinnung gekommen, auch dies war von Wert, es war schon viel. Und vielleicht war inzwischen draußen im Lande die Jagd nach dem Fürstenmörder aufgegeben worden, und er konnte ohne große Gefahr weiterwandern. Dies beschloß er zu tun, andern Tages wollte er aufbrechen, die Welt war groß, er konnte nicht immer hier im Schlupfwinkel bleiben. Der Entschluß gab ihm eine gewisse Ruhe.

Er hatte in der ersten Morgenfrühe aufbrechen wollen, aber als er nach einem langen Schlaf erwachte, war die Sonne schon am Himmel und hatte der Yogin schon seine Versenkung begonnen, und ohne Abschied mochte Dasa nicht gehen, auch hatte er noch ein Anliegen an ihn. So wartete er Stunde um Stunde, bis der Mann sich erhob, die Glieder reckte und auf und ab zu gehen begann. Da stellte er sich ihm in den Weg, machte Verbeugungen und ließ nicht nach, bis der Yogameister seinen Blick fragend auf ihn richtete. »Meister«, sprach er demütig, »ich ziehe meines Weges weiter, ich werde deine Ruhe nicht mehr stören. Aber noch dies eine Mal erlaube mir, Hochehrwürdiger, eine Bitte. Als ich dir mein Leben erzählte, hast du gelacht und hast ›Maya‹ gerufen. Ich flehe dich an, laß mich etwas mehr über Maya wissen.«

Der Yogin wandte sich der Hütte zu, sein Blick befahl Dasa, ihm zu folgen. Der Alte griff nach der Wasserschale, reichte sie Dasa hin und hieß ihn seine Hände waschen. Gehorsam tat es Dasa. Dann goß der Meister den Wasserrest aus der Kürbisschale ins Farnkraut, hielt dem Jungen die leere Schüssel hin und befahl ihm, frisches

Wasser zu holen. Dasa gehorchte und lief, und Abschiedsgefühle zuckten ihm im Herzen, da er zum letztenmal diesen kleinen Fußpfad zur Quelle ging, zum letztenmal die leichte Schale mit dem glatten, abgegriffenen Rande hinübertrug zu dem kleinen Wasserspiegel, in dem die Hirschzungen, die Wölbungen der Baumkronen und in versprengten lichten Punkten das süße Himmelsblau abgebildet standen, der nun beim Darüberbeugen zum letztenmal auch sein eigenes Gesicht in bräunlichem Dämmer abbildete. Er tauchte die Schale ins Wasser, gedankenvoll und langsam, er fühlte Unsicherheit und konnte nicht ins klare darüber kommen, warum er so Wunderliches empfinde, und warum es ihm, da er doch zu wandern entschlossen war, weh getan habe, daß der Alte ihn nicht eingeladen hatte, noch zu bleiben, vielleicht für immer zu bleiben.

Er kauerte am Rand der Quelle, nahm einen Schluck Wasser, erhob sich vorsichtig mit der Schale, um nichts zu verschütten, und wollte den kurzen Rückweg antreten, da wurde sein Ohr von einem Ton erreicht, der ihn entzückte und entsetzte, von einer Stimme, die er in manchen seiner Träume gehört und an die er manche wache Stunde in bitterster Sehnsucht gedacht hatte.

Süß klang sie, süß, kindlich und verliebt lockte sie durch die Dämmerung des Waldes, daß ihm vor Schreck und Lust das Herz schauerte. Es war Pravatis, seiner Frau Stimme. »Dasa«, lockte sie. Ungläubig blickte er um sich, die Wasserschale noch in Händen, und siehe, zwischen den Stämmen tauchte sie auf, schlank und elastisch auf hohen Beinen, Pravati, die Geliebte, Unvergeßliche, Treulose. Er ließ die Schale fallen und lief ihr entgegen. Lächelnd und etwas verschämt stand sie vor ihm, aus den großen Rehaugen aufblickend, und nun aus der Nähe sah er auch, daß sie auf rotledernen Sandalen stand und sehr schöne und reiche Kleider am Leibe trug, einen Goldreifen am Arm und blitzende, farbige, kostbare Steine im schwarzen Haar. Er zuckte zurück. War sie denn noch immer eine Fürstendirne? Hatte er diesen Nala denn nicht erschlagen? Lief sie noch mit seinen Geschenken herum? Wie konnte sie, mit diesen Spangen und Steinen geschmückt, vor ihn treten und seinen Namen rufen?

Sie war aber schöner als je, und ehe er sie zur Rede stellen konnte, mußte er sie doch in die Arme nehmen, die Stirn in ihr Haar senken, ihr Gesicht zu sich empor biegen und ihren Mund küssen, und während er es tat, spürte er, daß alles zu ihm zurückgekehrt und wieder sein war, was er je besessen, das Glück, die Liebe, die Wollust, die Lebenslust, die Leidenschaft. Schon war er in all seinen Gedanken weitab von diesem Walde und dem alten Einsiedler entfernt, schon war Wald, Einsiedelei, Meditation und Yoga zu nichts geworden und vergessen; auch an des Alten Wasserschale, die er ihm hätte bringen sollen, dachte er nicht mehr. Sie blieb bei der Quelle liegen, als er mit Pravati dem Rande des Waldes zustrebte. Und in aller Eile begann sie ihm zu erzählen, wie sie hierhergekommen und wie alles gegangen sei.

Erstaunlich war, was sie erzählte, erstaunlich, entzükkend und märchenhaft, wie in ein Märchen lief Dasa in sein neues Leben hinein. Es war nicht nur Pravati wieder sein, es war nicht nur jener verhaßte Nala tot und die Verfolgung des Mörders längst eingestellt, es war außerdem Dasa, der zum Hirten gewordene einstige Fürstensohn, in der Stadt zum rechtmäßigen Erben und Fürsten erklärt worden, ein alter Hirt und ein alter Brahmane hatten die fast vergessene Geschichte von seiner Aussetzung wieder in Erinnerung und in aller Mund gebracht, und derselbe Mann, den man als den Mörder Nalas eine Weile überall gesucht hatte, um ihn zu foltern und umzubringen, wurde jetzt im ganzen Land noch viel eifriger gesucht, um zum Rajah eingesetzt zu werden und feierlich in die Stadt und den Palast seines Vaters einzuziehen. Es war wie ein Traum, und was dem Überraschten am besten gefiel, war der schöne Glücksfall, daß von allen den umherziehenden Sendboten gerade Pravati es gewesen war, die ihn gefunden und zuerst begrüßt hatte. Am Waldrande fand er Zelte stehen, es roch nach Rauch und Wildbret. Pravati wurde von ihrer Gefolgschaft laut begrüßt, und eine große Festlichkeit nahm alsbald ihren Anfang, als sie Dasa, ihren Gatten, zu erkennen gab. Ein Mann war da, der war Dasas Kamerad bei den Hirten gewesen, und er war es, der Pravati und das Gefolge hierher geführt hatte, an einen der Orte seines früheren Lebens. Der Mann lachte vor Vergnügen, als er Dasa erkannte, er lief auf ihn zu und hätte ihm wohl einen freundschaftlichen Schlag auf die Schulter gegeben oder ihn umarmt, aber jetzt war ja sein Kamerad ein Rajah geworden, mitten im Lauf hielt er wie gelähmt inne, schritt dann langsamer und ehrerbietig weiter und grüßte mit tiefer Verbeugung. Dasa hob ihn auf, umarmte ihn, nannte ihn zärtlich mit Namen und fragte, wie er ihn beschenken könne. Der Hirt wünschte sich ein Kuhkalb, und es wurden ihm deren drei zugesandt aus des Rajahs bester Zucht. Und es wurden dem neuen Fürsten immer neue Leute vorgeführt, Beamte, Oberjäger, Hofbrahmanen, er nahm ihre Begrüßungen entgegen, ein Mahl wurde aufgetragen, Musik von Trommeln, Zupfgeigen und Nasenflöten erscholl, und all diese Festlichkeit und Pracht erschien Dasa wie ein Traum; er konnte nicht richtig daran glauben, wirklich war für ihn vorerst nur Pravati, sein junges Weib, das er in seinen Armen hielt.

In kleinen Tagereisen näherte sich der Zug der Stadt, Läufer waren vorausgeschickt und verbreiteten die frohe Botschaft, daß der junge Rajah aufgefunden und im Anzuge begriffen sei, und als die Stadt sichtbar wurde, war sie schon voll vom Schall der Gongs und Trommeln, und es kam feierlich und weißgekleidet der Zug der Brahmanen ihm entgegen, an seiner Spitze der Nachfolger jenes Vasudeva, welcher einst, vor wohl zwanzig Jahren, Dasa zu den Hirten gesandt hatte und erst vor kurzem gestorben war. Sie begrüßten ihn, sangen Hymnen und hatten vor dem Palast, zu dem sie ihn führten, einige große Opferfeuer entzündet. Dasa wurde in sein Haus gebracht, neue Begrüßungen und Huldigungen, Segens- und Willkommenssprüche empfingen ihn auch hier. Draußen feierte die Stadt bis in die Nacht ein Freudenfest.

Von zwei Brahmanen jeden Tag unterrichtet, lernte er in kurzer Zeit, was an Wissenschaften unentbehrlich schien, wohnte den Opfern bei, sprach Recht und übte sich in den ritterlichen und kriegerischen Künsten. Der Brahmane Gopala führte ihn in die Politik ein; er erzählte ihm, wie es um ihn, um sein Haus und dessen Rechte, um die Ansprüche seiner künftigen Söhne stehe und was für Feinde er habe. Da war nun vor allem die Mutter Nalas zu nennen, sie, welche einstmals den Prinzen Dasa seiner Rechte beraubt und ihm nach dem Leben getrachtet hatte, und welche jetzt in Dasa auch noch den Mörder ihres Sohnes hassen mußte. Sie war geflohen, hatte sich in den Schutz des Nachbarfürsten Govinda begeben und lebte in dessen Palast, und dieser Govinda und sein Haus waren von jeher Feinde und gefährlich, sie waren schon mit Dasas Voreltern im Krieg gelegen und erhoben Anspruch auf gewisse Teile seines Gebietes. Dagegen war der Nachbar im Süden, der Fürst von Gaipali, mit Dasas Vater befreundet gewesen und hatte den umgekommenen Nala nie leiden mögen; ihn zu besuchen, zu beschenken und zur nächsten Jagd einzuladen, war eine wichtige Pflicht.

Frau Pravati war in ihren adligen Stand schon völlig hineingewachsen, sie verstand es, als Fürstin aufzutreten, und sah in ihren schönen Gewändern und mit ihrem Schmuck ganz wunderbar aus, als wäre sie von nicht minder hoher Geburt als ihr Herr und Gatte. In glücklicher Liebe lebten sie Jahr um Jahr, und ihr Glück gab ihnen einen gewissen Glanz und Schimmer wie solchen, welche von den Göttern bevorzugt werden, daß das Volk sie verehrte und liebte. Und als ihm, nachdem er sehr lange vergeblich darauf gewartet hatte, nun Pravati einen schönen Sohn gebar, den er nach seinem eigenen Vater Ravana nannte, war sein Glück vollkommen, und was er besaß an Land und Macht, an Häusern und Ställen, Milchkammern, Rindvieh und Pferden, dem wurde in seinen Augen jetzt eine verdoppelte Bedeutung und Wichtigkeit, ein erhöhter Glanz und Wert zuteil: all dies Besitztum war schön und erfreulich gewesen, um Pravati zu umgeben, zu kleiden, zu schmücken und ihr zu huldigen, und war jetzt noch weit schöner, erfreulicher und wichtiger als Erbe und Zukunftsglück des Sohnes Ravana.

Hatte Pravati ihr Vergnügen hauptsächlich an Festen, Aufzügen, an Pracht und Üppigkeit in Kleidung, Schmuck und großer Dienerschaft, so waren Dasas bevorzugte Freuden die an seinem Garten, wo er seltene und kostbare Bäume und Blumen hatte pflanzen lassen, auch Papageien und andres buntes Gevögel angesiedelt hielt, das zu füttern und mit welchem sich zu unterhalten zu seinen täglichen Gewohnheiten gehörte. Daneben zog die Gelehrsamkeit ihn an, als dankbarer Schüler der Brahmanen lernte er viele Verse und Sprüche, Lese- und Schreibkunst, und hielt einen eigenen Schreiber, der die Zubereitung des Palmblattes zur Schreibrolle verstand und unter dessen zarten Händen eine kleine Bibliothek zu entstehen begann. Hier bei den Büchern, in einem kleinen kostbaren Raume mit Wänden aus edlem Holz, das ganz zu figurenreichen und zum Teil vergoldeten Bildwerken vom Leben der Götter ausgeschnitzt war, ließ er zuweilen eingeladene Brahmanen, die Auslese der Gelehrten und Denker unter den Priestern, miteinander über heilige Gegenstände disputieren, über die Weltschöpfung und die Maya des großen Vishnu, über die heiligen Veden, über die Kraft der Opfer und die noch größere Gewalt der Buße, durch welche ein sterblicher Mensch es dahin bringen konnte, daß die Götter aus Furcht vor ihm erzitterten. Jene Brahmanen, welche am besten geredet, disputiert und argumentiert hatten, erhielten stattliche Geschenke, mancher führte als Preis für eine siegreiche Disputation eine schöne Kuh hinweg, und es hatte zuweilen etwas zugleich Lächerliches und Rührendes, wenn die großen Gelehrten, welche noch eben die Sprüche der Veden aufgesagt und erläutert und sich in allen Himmeln und Weltmeeren ausgekannt hatten, stolz und gebläht mit ihren Ehrengaben abzogen oder ihretwegen etwa auch in eifersüchtigen Zank gerieten.

Überhaupt wollte dem Fürsten Dasa inmitten seiner Reichtümer, seines Glückes, seines Gartens, seiner Bücher zu manchen Zeiten alles und jedes, was zum Leben und Menschenwesen gehört, wunderlich und zweifelhaft erscheinen, rührend zugleich und lächerlich wie jene eitel-weisen Brahmanen, hell zugleich und finster, begehrenswert zugleich und verachtenswert. Weidete er seinen Blick an den Lotosblumen auf den Teichen seines Gartens, an den glänzenden Farbenspielen im Gefieder seiner Pfauen, Fasane und Nashornvögel, an den vergoldeten Schnitzereien des Palastes, so konnten diese Dinge ihm manchmal wie göttlich erscheinen, wie durchglüht von ewigem Leben, und andere Male, ja gleichzeitig empfand er in ihnen etwas Unwirkliches, Unzuverlässiges, Fragwürdiges, eine Neigung zu Vergänglichkeit und Auflösung, eine Bereitschaft zum Zurücksinken ins Ungestaltete, ins Chaos. So wie er selbst, der Fürst Dasa, ein Prinz gewesen, ein Hirte geworden, zum Mörder und Vogelfreien hinabgesunken und endlich wieder zum Fürsten emporgestiegen war, unbekannt durch welche Mächte geleitet und veranlaßt, ungewiß des Morgen und Übermorgen, so enthielt das Mayaspiel des Lebens überall zugleich das Hohe und das Gemeine, die Ewigkeit und den Tod, die Größe und das Lächerliche. Sogar sie, die Geliebte, sogar die schöne Pravati war ihm einige Male für Augenblicke entzaubert und lächerlich erschienen, hatte allzu viele Ringe um die Arme, allzuviel Stolz und Triumph in den Augen, allzuviel Bemühen um Würde in ihrem Gang gehabt.

Lieber noch als sein Garten und seine Bücher war ihm Ravana, sein Söhnchen, die Erfüllung seiner Liebe und seines Daseins, Ziel seiner Zärtlichkeit und Sorge, ein zartes schönes Kind, ein echter Prinz, rehäugig wie die Mutter und zur Nachdenklichkeit und Träumerei neigend wie der Vater. Manches Mal, wenn dieser den Kleinen im Garten lang vor einem der Zierbäume stehen oder ihn auf einem Teppich kauern sah, in die Betrachtung eines Steines, eines geschnitzten Spielzeuges oder einer Vogelfeder vertieft, mit etwas emporgezogenen Brauen und stillen, etwas abwesend starrenden Augen, dann schien ihm, daß dieser Sohn ihm sehr ähnlich sei. Wie sehr er ihn liebte, das erkannte Dasa einst, als er ihn zum erstenmal für ungewisse Zeit verlassen mußte.

Es war eines Tages nämlich ein Eilbote aus jenen Gegenden eingetroffen, wo sein Land an das Land Govindas, des Nachbarn, stieß, und hatte gemeldet, daß Leute des Govinda dort eingebrochen seien, Vieh geraubt und auch eine Anzahl Menschen gefangen und mit hinweggeführt hätten. Unverzüglich hatte Dasa sich bereitgemacht, hatte den Obersten der Leibwache, einige Dutzend Pferde und Leute mitgenommen und sich an die Verfolgung der Räuber gemacht; und damals, als er im Augenblick vor dem Davonreiten sein Söhnchen auf die Arme genommen und geküßt hatte, war die Liebe in seinem Herzen wie ein feuriger Schmerz emporgelodert. Und aus diesem feurigen Schmerz, dessen Gewalt ihn überraschte und wie eine Mahnung aus dem Unbekannten her berührte, war auch während des langen Rittes eine Erkenntnis, ein Verständnis geworden. Im Reiten nämlich beschäftigte ihn das Nachsinnen darüber, aus welcher Ursache er denn zu Rosse sitze und so streng und eilig ins Land hineinsprenge; welche Macht es denn eigentlich sei, die ihn zu solcher Tat und Bemühung zwinge. Er hatte nachgedacht und hatte erkannt, daß es ihm im Grunde seines Herzens nicht wichtig sei und nicht eben weh tue, wenn irgendwo an der Grenze ihm Vieh und Menschen geraubt wurden, daß der Diebstahl und die Beleidigung seiner Fürstenrechte nicht hinreichen würden, ihn zu Zorn und Tat zu entflammen, und daß es ihm gemäßer gewesen wäre, die Nachricht vom Viehraub mit einem mitleidigen Lächeln abzutun. Damit jedoch, das wußte er, hätte er dem Boten, der mit seiner Botschaft bis zur Erschöpfung gerannt war, bitter Unrecht getan, und nicht weniger den Menschen, welche beraubt worden, und jene, welche gefangen, weggeführt und aus ihrer Heimat und ihrem friedlichen Leben in Fremde und Sklaverei verschleppt worden waren. Ja, auch allen seinen anderen Untertanen, welchen kein Haar gekrümmt worden war, hätte er mit einem Verzicht auf kriegerische Rache Unrecht getan, sie hätten es schwer ertragen und nicht begriffen, daß ihr Fürst sein Land nicht besser beschütze, so daß keiner von ihnen, sollte einmal auch ihm Gewalttat geschehen, auf Rache und Hilfe hätte zählen dürfen. Er sah ein, es sei seine Pflicht, diesen Racheritt zu tun. Aber was ist Pflicht? Wie viele Pflichten gibt es, die wir oft und ohne jede Herzensregung verabsäumen! Woran lag es nun, daß diese Rachepflicht keine von den gleichgültigen war, daß er sie nicht verabsäumen konnte, daß er sie nicht nur lässig und mit halbem Herzen vollzog, sondern eifrig und mit Leidenschaft? Kaum war die Frage in ihm aufgestiegen, so hatte sein Herz schon Antwort gegeben, indem es nochmals von jenem Schmerz durchzuckt wurde wie beim Abschied von Ravana, dem Prinzen. Würde der Fürst, so erkannte er jetzt, sich Vieh und Leute rauben lassen, ohne Widerstand zu leisten, so würde Raub und Gewalttat von den Grenzen seines Landes her immer näherrücken, und zuletzt würde der Feind dicht vor ihm selbst stehen und würde ihn dort treffen, wo er des größten und bittersten Schmerzes fähig war: in seinem Sohne! Sie würden ihm den Sohn rauben, den Nachfolger, würden ihn rauben und töten, vielleicht unter Qualen, und dies wäre das Äußerste an Leid, was er je erfahren könnte, noch schlimmer, weit schlimmer als selbst Pravatis Tod. Und darum also ritt er so eifrig dahin und war ein so pflichttreuer Fürst. Er war es nicht aus Empfindlichkeit gegen Verlust an Vieh und Land, nicht aus Güte für seine Untertanen, nicht aus Ehrgeiz für seines Vaters Fürstennamen, er war es aus heftiger, schmerzlicher, unsinniger Liebe zu diesem Kinde, und aus heftiger, unsinniger Furcht vor dem Schmerz, den der Verlust dieses Kindes ihm bereiten würde.

So weit war er auf jenem Ritt mit seinen Einsichten gekommen. Übrigens war es ihm nicht gelungen, die Leute Govindas einzuholen und zu bestrafen, sie waren samt ihrem Raube entkommen, und um seinen festen Willen zu zeigen und seinen Mut zu beweisen, mußte er nun selbst über die Grenze brechen und dem Nachbarn ein Dorf beschädigen, einiges Vieh und einige Sklaven hinwegführen. Manche Tage war er ausgeblieben, auf dem siegreichen Heimritt aber hatte er sich wieder einem tiefen Nachdenken hingegeben und war sehr still und wie traurig nach Hause zurückgekehrt, denn im Nachdenken hatte er erkannt, wie fest und völlig ohne Hoffnung auf Entrinnen er mit seinem ganzen Wesen und Tun in einem tückischen Netz gefangen und eingeschnürt sei. Während seine Neigung zum Denken, sein Bedürfnis nach stiller Betrachtung und nach einem tatlosen und unschuldigen Leben beständig wuchs und wuchs, wuchs von der andern Seite her, aus der Liebe zu Ravana und aus der Angst und Sorge um ihn, um sein Leben und seine Zukunft, ganz ebenso der Zwang zu Tat und Verstrickung, aus der Zärtlichkeit wuchs Streit, aus der Liebe Krieg; schon hatte er, wenn auch nur um gerecht zu sein und zu strafen, eine Herde geraubt, ein Dorf in Todesangst gejagt und arme, unschuldige Menschen gewaltsam fortgeschleppt, und daraus würde natürlich wieder neue Rache und Gewalttat wachsen, und so immer weiter, bis sein ganzes Leben und sein ganzes Land nur noch Krieg und Gewalttat und Waffenlärm sein würde. Diese Einsicht oder Vision war es, die ihn bei jener Heimkehr so still gemacht und traurig hatte erscheinen lassen.

Und in der Tat gab der feindselige Nachbar keine Ruhe. Er wiederholte seine Einfälle und Raubzüge. Dasa mußte zu Strafe und Gegenwehr ausziehen und mußte, wenn der Feind sich ihm entzog, es dulden, daß seine Soldaten und Jäger dem Nachbarn neue Schäden zufügten. In der Hauptstadt sah man mehr und mehr Berittene und Bewaffnete, in manchen Grenzdörfern lagen jetzt ständig Soldaten zur Bewachung, kriegerische Beratungen und Vorbereitungen machten die Tage unruhig. Dasa vermochte nicht einzusehen, welchen Sinn und Nutzen der ewige Kleinkrieg haben möge, es tat ihm leid um die Leiden der Betroffenen, um das Leben der Getöteten, es tat ihm leid um seinen Garten und seine Bücher, die er mehr und mehr versäumen mußte, um den Frieden seiner Tage und seines Herzens. Er sprach mit Gopala, dem Brahmanen, häufig darüber und einige Male auch mit seiner Gattin Pravati. Man müßte, so sagte er, dahin streben, daß einer der angesehenen Nachbarfürsten als Schiedsrichter angerufen werde und Frieden stifte, und er für sein Teil werde gern dareinwilligen, etwa durch Nachgiebigkeit und Abtrennung einiger Weiden und Dörfer den Frieden herbeiführen zu helfen. Er war enttäuscht und etwas unwillig, als er sah, daß weder der Brahmane noch Pravati davon etwas wissen wollten.

Mit Pravati führte der Meinungsstreit hierüber zu einer sehr heftigen Auseinandersetzung, ja zu einer Entzweiung. Eindringlich und beschwörend tat er ihr seine Gründe und Gedanken kund, sie aber empfand jedes

Wort, als sei es nicht gegen den Krieg und das unnütze Morden, sondern einzig gegen ihre Person gerichtet. Es sei, so belehrte sie ihn in einer glühenden und wortreichen Rede, es sei ja gerade des Feindes Absicht, Dasas Gutmütigkeit und Friedensliebe (um nicht zu sagen, seine Angst vor dem Krieg) zu seinem Vorteil auszunutzen, er werde ihn dazu bringen, Frieden um Frieden zu schließen, und jeden mit kleinen Abtretungen an Gebiet und Volk zu bezahlen, und am Ende werde er keineswegs etwa zufrieden sein, sondern werde, sobald Dasa genügend geschwächt sei, zum offenen Krieg übergehen und ihm auch das Letzte noch rauben. Es gehe hier nicht um Herden und Dörfer, um Vorteile und Nachteile, sondern ums Ganze, es gehe um Bestand oder Vernichtung. Und wenn Dasa nicht wisse, was er seiner Würde, seinem Sohn und seinem Weibe schuldig sei, so müsse eben sie es ihn lehren. Ihre Augen flammten, ihre Stimme bebte, er hatte sie seit langem nie mehr so schön und leidenschaftlich gesehen, aber er empfand nur Trauer.

Inzwischen gingen die Grenzüberfälle und Friedensbrüche weiter, erst die große Regenzeit setzte ihnen vorläufig ein Ende. An Dasas Hofe aber gab es jetzt zwei Parteien. Die eine, die Friedenspartei, war ganz klein, außer Dasa selbst gehörten ihr nur wenige von den älteren Brahmanen an, gelehrte und in ihre Meditationen versponnene Männer. Die Kriegspartei aber, Pravatis und Gopalas Partei, hatte die Mehrzahl der Priester und alle Offiziere auf ihrer Seite. Man rüstete eifrig und wußte, daß drüben der feindliche Nachbar dasselbe tat. Der Knabe Ravana wurde vom Oberjäger im Bogenschießen unterrichtet, und seine Mutter nahm ihn zu jeder Truppenschau mit.

Manchmal gedachte zu jener Zeit Dasa des Waldes, in dem er einst als armer Flüchtling eine Weile gelebt hatte, und des weißhaarigen Alten, der dort als Einsiedler der Versenkung lebte. Manchmal gedachte er seiner und fühlte das Verlangen, ihn aufzusuchen, ihn wiederzusehen und seinen Rat zu hören. Doch wußte er nicht, ob der Alte noch lebe, noch ob er ihn anhören und ihm Rat geben würde, und lebte er auch noch wirklich und gäbe ihm Rat, so würde doch alles seinen Gang gehen und nichts daran zu ändern sein. Versenkung und Weisheit waren gute, waren edle Dinge, aber es schien, sie gediehen nur abseits, am Rande des Lebens, und wer im Strom des Lebens schwamm und mit seinen Wellen kämpfte, dessen Taten und Leiden hatten nichts mit der Weisheit zu tun, sie ergaben sich, waren Verhängnis, mußten getan und erlitten sein. Auch die Götter lebten nicht in ewigem Frieden und ewiger Weisheit, auch sie kannten Gefahr und Furcht, Kampf und Schlacht, er wußte es aus vielen Erzählungen. So ergab sich Dasa, stritt nicht mehr mit Pravati, ritt zur Truppenschau, sah den Krieg kommen, spürte ihn in aufreibenden nächtlichen Träumen voraus, und indem seine Gestalt magerer und sein Gesicht dunkler wurde, sah er das Glück und die Lust seines Lebens hinabwelken und erblassen. Es blieb nur die Liebe zu seinem Knaben, sie wuchs mit der Sorge, wuchs mit den Rüstungen und Truppenübungen, sie war die rote brennende Blume in seinem verödenden Garten. Er wunderte sich darüber, wieviel an Leere und Freudlosigkeit man ertragen, wie sehr man sich an Sorge und Unlust gewöhnen könne, und wunderte sich auch darüber, wie brennend und beherrschend in einem scheinbar leidenschaftslos gewordenen Herzen solch eine ängstliche und sorgenvolle Liebe blühen könne. War sein Leben vielleicht sinnlos, so war es doch nicht ohne Kern und Mitte, es drehte sich um die Liebe zum Sohn. Seinetwegen erhob er sich des Morgens vom Lager und brachte seinen Tag mit Beschäftigungen und Mühewaltungen hin, deren Ziel der Krieg und deren jede ihm zuwider war. Seinetwegen leitete er die Beratungen der Führer mit Geduld und stemmte sich den Beschlüssen der Mehrheit nur so weit entgegen, daß man wenigstens abwartete und sich nicht völlig unbesonnen ins Abenteuer stürzte.

Wie seine Lebensfreude, sein Garten, seine Bücher ihm allmählich fremd und untreu geworden waren, oder er ihnen, so ward ihm fremd und untreu auch die, die so manche Jahre das Glück und die Lust seines Lebens gewesen war. Mit der Politik hatte es begonnen, und damals, als sie ihm jene leidenschaftliche Rede hielt, in der Pravati seine Scheu vor Versündigung und seine Liebe zum Frieden beinah offen als Feigheit verhöhnte und mit geröteten Wangen in glühenden Worten von Fürstenehre, Heldentum und erlittener Schmach redete, damals hatte er betroffen und mit einem Gefühl von Schwindel plötzlich gefühlt und gesehen, wie weit seine Frau sich von ihm entfernt habe oder er von ihr. Und seitdem war die Kluft zwischen ihnen größer geworden und wuchs noch immer, ohne daß eines von ihnen etwas tat, um es zu hindern. Vielmehr: es war Dasa, dem es zugestanden hätte, etwas dergleichen zu tun, denn die Kluft war eigentlich nur ihm sichtbar, und sie wurde in seiner Vorstellung immer mehr zur Kluft aller Klüfte, zum Weltabgrund zwischen Mann und Weib, zwischen Ja und Nein, zwischen Seele und Leib. Wenn er zurücksann, so glaubte er alles völlig klar zu sehen: wie Pravati einst, die zauberisch Schöne, ihn verliebt gemacht und mit ihm gespielt hatte, bis er sich von seinen Kameraden und Freunden, den Hirten, und von seinem bisher so heiteren Hirtenleben schied und ihretwegen in der Fremde und Dienstbarkeit lebte, Schwiegersohn im Hause unguter Leute, die seine Verliebtheit ausnutzten, um ihn für sie arbeiten zu lassen. Dann war jener Nala erschienen, und sein Unglück hatte begonnen. Nala hatte sich seines Weibes bemächtigt, der reiche schmucke Rajah mit seinen schönen Kleidern und Zelten, seinen Pferden und Dienern hatte die arme, keines Prunkes gewohnte Frau verführt, das konnte ihn ja wenig Mühe gekostet haben. Aber – hätte er sie wohl wirklich so rasch und leicht verführen können, wenn sie im Innersten treu und züchtig gewesen wäre? Nun, der Rajah hatte sie also verführt, oder eben genommen, und hatte ihm den häßlichsten Schmerz angetan, den er bis dahin erlebt hatte. Er aber, Dasa, hatte Rache genommen, erschlagen hatte er den Dieb seines Glücks, das war ein Augenblick hohen Triumphes gewesen. Doch hatte er, kaum war die Tat geschehen, die Flucht antreten müssen; Tage, Wochen und Monate hatte er im Busch und den Binsen gelebt, vogelfrei, keinem Menschen trauend. Und was hatte Pravati in jener Zeit getan? Es war zwischen ihnen niemals viel die Rede davon gewesen. Jedenfalls: ihm nachgeflohen war sie nicht, ihn gesucht und gefunden hatte sie erst dann, als er seiner Geburt wegen zum Fürsten ausgerufen worden war und sie seiner bedurfte, um den Thron zu besteigen und den Palast zu beziehen. Da war sie erschienen, aus dem Walde und der Nachbarschaft des ehrwürdigen Einsiedlers hatte sie ihn hinweggeholt, man hatte ihn mit schönen Kleidern geschmückt und zum Rajah gemacht, und es war alles eitel Glanz und Glück gewesen – aber in Wirklichkeit: was hatte er damals verlassen, und was dafür eingetauscht? Eingetauscht hatte er den Glanz und die Pflichten des Fürsten, Pflichten, die anfangs leicht gewesen und seither immer schwerer und schwerer geworden waren, eingetauscht hatte er den Wiedergewinn der schönen Gattin, die süßen Liebesstunden mit ihr, und dann den Sohn, die Liebe zu ihm und die zunehmende Sorge um sein bedrohtes Leben und Glück, so daß jetzt der Krieg vor den Toren stand. Dies war es, was Pravati ihm zugebracht hatte, als sie ihn damals im Wald bei der Quelle entdeckte. Was aber hatte er dafür verlassen und hingegeben? Verlassen hatte er den Frieden des Waldes, einer frommen Einsamkeit, hingegeben hatte er die Nachbarschaft und das Vorbild eines heiligen Yogin, hingegeben die Hoffnung auf seine Schülerschaft und Nachfolge, auf die tiefe, strahlende, unerschütterliche Seelenruhe des Weisen, die Befreiung aus den Kämpfen und Leidenschaften des Lebens. Verführt von Pravatis Schönheit, bestrickt vom Weib und angesteckt von ihrem Ehrgeiz, hatte er den Weg verlassen, auf welchem allein die Freiheit und der Friede gewonnen wird. So wollte seine Lebensgeschichte ihm heute erscheinen, und in der Tat ließ sie sich ganz leicht so deuten, es bedurfte nur weniger Vertuschungen und Weglassungen, um es so zu sehen. Weggelassen hatte er unter anderem den Umstand, daß er noch keineswegs jenes Einsiedlers Schüler, ja schon im Begriff gewesen war, ihn freiwillig wieder zu verlassen. So verschieben sich die Dinge leicht beim Blick nach rückwärts.

Ganz anders sah Pravati diese Dinge, obwohl sie weit weniger als ihr Gatte sich solchen Gedanken hingab. Über jenen Nala machte sie sich keine Gedanken. Dagegen war, wenn ihre Erinnerung sie nicht trog, sie allein es gewesen, welche Dasas Glück begründet und herbeigeführt, ihn wieder zum Rajah gemacht, ihn mit dem Sohn beschenkt, ihn mit Liebe und Glück überschüttet hatte, um ihn am Ende ihrer Größe nicht gewachsen, ihrer stolzen Pläne unwürdig zu finden. Denn ihr war es klar, daß der kommende Krieg zu nichts anderem führen konnte als zu Govindas Vernichtung und zur Verdoppelung ihrer Macht und ihres Besitzes. Statt sich dessen zu freuen und eifrigst daran mitzuarbeiten, sträubte sich aber Dasa, unfürstlich genug, wie ihr schien, gegen Krieg und Eroberung, und wäre am liebsten tatenlos bei seinen Blumen, Bäumen, Papageien und Büchern alt geworden. Da war Vishwamitra ein anderer Mann, der Oberbefehlshaber der Reiterei und nächst ihr selbst der glühendste Parteigänger und Werber für den baldigen Krieg und Sieg. Jeder Vergleich zwischen den beiden mußte zu seinen Gunsten ausfallen.

Dasa sah es wohl, wie sehr sein Weib sich mit diesem Vishwamitra befreundet hatte, wie sehr sie ihn bewunderte und sich von ihm bewundern ließ, diesem heiteren und tapferen, vielleicht etwas oberflächlichen, vielleicht auch nicht allzu klugen Offizier mit dem kräftigen Lachen, den schönen starken Zähnen und dem gepflegten Barte. Er sah es mit Bitterkeit und zugleich mit Verachtung, mit einer höhnischen Gleichgültigkeit, die er sich selber vortäuschte. Er spionierte nicht und begehrte nicht zu wissen, ob die Freundschaft dieser beiden die Grenzen des Erlaubten und Anständigen innehalte oder nicht. Er sah dieser Verliebtheit Pravatis in den hübschen Reiter, dieser ihrer Gebärde, mit der sie ihm vor dem allzu wenig heldischen Gatten den Vorzug gab, mit derselben äußerlich gleichgültigen, innen aber bitteren Gelassenheit zu, mit welcher er sich gewöhnt hatte, alle Geschehnisse anzusehen. Ob dies nun eine Untreue und ein Verrat war, den die Gattin an ihm zu begehen entschlossen schien, oder nur ein Ausdruck ihrer Geringschätzung für Dasas Gesinnungen, es war einerlei, es war da und entwickelte sich und wuchs heran, wuchs ihm entgegen wie der Krieg und wie das Verhängnis, es gab dagegen kein Mittel und gab davor keine andere Haltung als die des Hinnehmens, des gelassenen Ertragens, das war nun einmal, statt des Angreifens und Eroberns, Dasas Art von Mannes- und von Heldentum.

Mochte nun Pravatis Bewunderung für den Reiterhauptmann oder die seine für sie, sich innerhalb des Gesitteten und Erlaubten halten oder nicht, in jedem Fall war Pravati, das verstand er, weniger schuldig als er selbst. Er, Dasa, der Denker und Zweifler, neigte zwar sehr dazu, die Schuld am Dahinschwinden seines Glückes bei ihr zu suchen oder sie doch mitverantwortlich dafür zu machen, daß er in all das hineingeraten und verstrickt worden war, in die Liebe, in den Ehrgeiz, in die Racheakte und Räubereien, ja er machte das Weib, die Liebe und die Wollust in seinen Gedanken verantwortlich für alles auf Erden, für den ganzen Tanz, die ganze Jagd der

Leidenschaften und Begehrungen, des Ehebruchs, des Todes, des Mordes, des Krieges. Aber dabei wußte er sehr wohl, daß Pravati nicht schuldig und Ursache, sondern selbst Opfer sei, daß sie weder ihre Schönheit noch seine Liebe zu ihr selbst gemacht und zu verantworten habe, daß sie nur ein Stäubchen im Sonnenstrahl, eine Welle im Strome war, und daß es allein seine Sache gewesen wäre, dem Weib und der Liebe, dem Glückshunger und Ehrgeiz sich zu entziehen und entweder ein zufriedener Hirt unter Hirten zu bleiben oder auf dem geheimen Wege des Yoga das Unzulängliche in sich zu überwinden. Er hatte es versäumt, er hatte versagt, er war zum Großen nicht berufen oder hatte seiner Berufung nicht Treue gehalten, und sein Weib war am Ende im Recht, wenn sie einen Feigling in ihm sah. Dafür hatte er von ihr diesen Sohn bekommen, diesen schönen, zarten Knaben, um den ihm so bange war und dessen Dasein doch immer noch seinem Leben Sinn und Wert verlieh, ja ein großes Glück war, ein schmerzendes und banges Glück zwar, aber doch eben ein Glück, sein Glück. Dies Glück nun bezahlte er mit dem Weh und der Bitterkeit in seinem Herzen, mit der Bereitschaft zu Krieg und Tod, mit dem Bewußtsein, einem Verhängnis entgegenzugehen. Drüben in seinem Lande saß der Rajah Govinda, beraten und angefacht von der Mutter jenes erschlagenen Nala, jenes Verführers unguten Angedenkens. Immer häufiger und frecher wurden Govindas Einbrüche und Herausforderungen; einzig ein Bündnis mit dem mächtigen Rajah von Gaipali hätte Dasa stark genug machen können, um Frieden und nachbarliche Verträge zu erzwingen. Aber dieser Rajah, obschon Dasa wohlgesinnt, war doch mit Govinda verwandt und hatte sich aufs höflichste jedem Versuche, ihn für ein solches Bündnis zu gewinnen, entzogen. Es gab kein Entweichen, keine Hoffnung auf Vernunft oder Menschlichkeit, das Verhängte kam näher und mußte erlitten werden. Beinahe sehnte nun Dasa selbst sich nach dem Krieg, nach dem Ausbruch der gesammelten Blitze und einer Beschleunigung der Geschehnisse, welchen ja doch nicht mehr vorzubeugen war. Er suchte nochmals den Fürsten von Gaipali auf, tauschte ergebnislose Artigkeiten mit ihm, drang im Rat auf Mäßigung und Geduld, aber er tat es längst ohne Hoffnung; im übrigen rüstete er. Der Meinungskampf im Rat ging jetzt einzig noch darum, ob man einen nächsten Einbruch des Feindes mit dem Einmarsch in dessen Land und mit dem Krieg beantworten oder den feindlichen Hauptangriff erwarten solle, damit immerhin jener vor dem Volk und aller Welt der Schuldige und Friedensbrecher bleibe.

Der Feind, um solche Fragen nicht bekümmert, machte dem Erwägen, Beraten und Zögern ein Ende und schlug eines Tages zu. Er inszenierte einen größeren Raubüberfall, welcher Dasa samt dem Reiterhauptmann und seinen besten Leuten schleunigst an die Grenze lockte, und während sie unterwegs waren, fiel er mit seiner Hauptmacht ins Land und unmittelbar in Dasas Stadt, nahm die Tore und belagerte den Palast. Als Dasa es erfuhr und alsbald umkehrte, wußte er seine Frau und seinen Sohn im bedrohten Palast eingeschlossen, in den Gassen aber blutige Kämpfe im Gang, und das Herz zog sich ihm in grimmigem Weh zusammen, wenn er der Seinen dachte und der Gefahren, in denen sie schwebten. Nun war er kein widerwilliger und vorsichtiger Kriegsherr mehr, er flammte auf in Schmerz und Wut, jagte mit seinen Leuten in wilder Eile heimwärts, fand die Schlacht durch alle Straßen wogen, hieb sich zum Palast durch, stellte den Feind und kämpfte wie ein Rasender, bis er mit der Dämmerung des blutigen Tages erschöpft und mit mehreren Wunden zusammenbrach.

Als er wieder zum Bewußtsein erwachte, fand er sich als Gefangenen, die Schlacht war verloren, Stadt und Palast waren in den Händen der Feinde. Gebunden wurde er vor Govinda gebracht, der begrüßte ihn spöttisch und führte ihn in ein Gemach; es war jenes Gemach mit den geschnitzten und vergoldeten Wänden und den Schriftrollen. Hier saß auf einem der Teppiche aufrecht und mit versteinertem Gesicht sein Weib Pravati, bewaffnete Wachen hinter ihr, und im Schoße hatte sie den Knaben liegen; wie eine gebrochene Blume lag die zarte Gestalt, tot, das Gesicht grau, das Gewand von Blut durchtränkt. Die Frau wandte sich nicht, als ihr Gatte hereingeführt wurde, sie sah ihn nicht an, sie starrte ohne Ausdruck auf den kleinen Toten; sie erschien Dasa sonderbar verändert, erst nach einer Weile merkte er, daß ihr Haar, das er vor Tagen noch tiefschwarz gekannt hatte, überall grau schimmerte. Schon lange Zeit mochte sie so sitzen, den Knaben auf dem Schoß, erstarrt, das Gesicht eine Maske.

»Ravana!« rief Dasa, »Ravana, mein Kind, meine Blume!« Er kniete nieder, sein Gesicht sank auf das Haupt des Toten; wie ein Betender kniete er vor der stummen Frau und dem Kinde, beide beklagend, beiden huldigend. Er roch den Blut- und Todesgeruch, vermischt mit dem Duft des Blumenöles, mit dem das Haar des Kindes gesalbt war. Mit erfrorenem Blick starrte Pravati auf sie beide hinab.

Es berührte ihn jemand an der Schulter, es war einer von Govindas Hauptleuten, der hieß ihn aufstehen und führte ihn hinweg. Er hatte kein Wort an Pravati gerichtet, sie keines an ihn.

Gebunden legte man ihn auf einen Wagen und brachte ihn nach der Stadt Govindas in einen Kerker, seine Fesseln wurden zum Teil gelöst, ein Soldat brachte einen Wasserkrug und stellte ihn auf den Steinboden, man ließ ihn allein, schloß und verriegelte die Tür. Eine Wunde an seiner Schulter brannte wie Feuer. Er tastete nach dem Wasserkrug und benetzte sich Hände und Gesicht. Auch trinken hätte er mögen, doch unterließ er es; er würde dann, so dachte er, rascher sterben. Wie lange würde das noch dauern, wie lange! Er sehnte sich nach dem Tod, wie seine trockene Kehle sich nach Wasser sehnte. Erst mit dem Tode würde die Folter in seinem Herzen ein Ende nehmen, erst dann würde das Bild der Mutter mit dem toten Sohn in ihm erlöschen. Aber mitten in aller Qual erbarmte sich seiner die Müdigkeit und Schwäche, er sank hin und schlummerte ein.

Indem er aus diesem kurzen Schlummer wieder empordämmerte, wollte er betäubt sich die Augen reiben, konnte es aber nicht; seine Hände waren beide schon beschäftigt, sie hielten etwas fest, und da er sich ermunterte und die Augen aufriß, waren keine Kerkermauern um ihn her, sondern grünes Licht floß hell und kräftig über Blattwerk und Moos, er blinzelte lange, das Licht traf ihn wie ein lautloser, aber heftiger Schlag, ein Gruseln und zukkender Schrecken ging ihm durch Nacken und Rücken, nochmals blinzelte er, verzog wie greinend das Gesicht und riß die Augen weit auf. Er stand in einem Walde und hielt in beiden Händen eine mit Wasser gefüllte Schale, zu seinen Füßen spiegelte braun und grün das Becken einer Quelle, drüben wußte er hinter dem Farndickicht die Hütte stehen und den Yogin warten, der ihn nach Wasser geschickt hatte, jenen, der so wunderlich gelacht und den er gebeten hatte, ihn etwas über Maya wissen zu lassen. Er hatte weder eine Schlacht noch einen Sohn verloren, er war weder Fürst noch Vater gewesen; wohl aber hatte der Yogin seinen Wunsch erfüllt und ihn über Maya belehrt: Palast und Garten, Bücherei und Vogelzucht, Fürstensorgen und Vaterliebe, Krieg und Eifersucht, Liebe zu Pravati und heftiges Mißtrauen gegen sie, alles war Nichts – nein, nicht Nichts, es war Maya gewesen! Dasa stand erschüttert, es liefen ihm Tränen über die Wangen, in seinen Händen zitterte und schwankte die Schale, die er soeben für den Einsiedler gefüllt hatte, es floß Wasser über den Rand und über seine Füße. Ihm war, als habe man ihm ein Glied abgeschnitten, etwas aus seinem Kopfe entfernt, es war Leere in ihm, plötzlich waren ihm gelebte lange Jahre, gehütete Schätze, genossene Freuden, erlittene Schmerzen, erduldete Angst, bis zur Todesnähe gekostete Verzweiflung wieder weggenommen, ausgelöscht und zu nichts geworden – und dennoch nicht zu nichts! Denn die Erinnerung war da, die Bilder waren in ihm geblieben, noch sah er Pravati sitzen, groß und starr, mit dem plötzlich ergrauten Haar, im Schoß lag ihr der Sohn, als habe sie selbst ihn erdrückt, wie eine Beute lag er, und seine Glieder hingen welk über ihre Knie hinab. O wie rasch, wie rasch und schauerlich, wie grausam, wie gründlich war er über Maya belehrt worden! Alles war ihm verschoben worden, viele Jahre voll von Erlebnissen schrumpften in Augenblicke zusammen, geträumt war alles, was eben noch drangvolle Wirklichkeit schien, geträumt war vielleicht alles jenes andre, was früher geschehen war, die Geschichten vom Fürstensohn Dasa, seinem Hirtenleben, seiner Heirat, seiner Rache an Nala, seiner Zuflucht beim Einsiedler; Bilder waren sie, wie man sie an einer geschnitzten Palastwand bewundern mag, wo Blumen, Sterne, Vögel, Affen und Götter zwischen Laubwerk zu sehen waren. Und war das, was er gerade jetzt erlebte und vor Augen hatte, dies Erwachen aus dem Fürsten- und Kriegs- und Kerkertum, dies Stehen bei der Quelle, diese Wasserschüssel, aus der er eben ein wenig verschüttet hatte, samt den Gedanken, die er sich da machte – war alles dies denn nicht am Ende aus demselben Stoff, war es nicht Traum, Blendwerk, Maya? Und was er künftig je noch erleben und mit Augen sehen und mit Händen tasten würde, bis zu seinem einstigen Tode – war es aus anderem Stoff, von anderer Art? Spiel und Schein war es, Schaum und Traum, Maya war es, das ganze schöne und grausige, entzückende und verzweifelte Bilderspiel des Lebens, mit seinen brennenden Wonnen, seinen brennenden Schmerzen.

Dasa stand noch immer wie betäubt und gelähmt. Wieder schwankte in seinen Händen die Schale, und Wasser floß nieder, klatschte kühl auf seine Zehen und verrann. Was sollte er tun? Die Schale wieder füllen, sie zum Yogin zurücktragen, sich von ihm auslachen lassen für alles, was er im Traum erlitten hatte? Es war nicht verlockend. Er ließ die Schale sinken, goß sie aus und warf sie ins Moos. Er setzte sich ins Grüne und begann ernstlich nachzudenken. Er hatte genug und übergenug von dieser Träumerei, von diesem dämonischen Flechtwerk von Erlebnissen, Freuden und Leiden, die einem das Herz erdrückten und das Blut stocken machten und dann plötzlich Maya waren und einen als Narren zurückließen, er hatte genug von allem, er begehrte nicht Frau noch Kind mehr, noch Thron noch Sieg noch Rache, nicht Glück und nicht Klugheit, nicht Macht und nicht Tugend. Er begehrte nichts als Ruhe, nichts als ein Ende, er wünschte nichts anderes, als dieses ewig sich drehende Rad, diese endlose Bilderschau zum Stehen zu bringen und auszulöschen. Er wünschte sich selbst zur Ruhe zu bringen und auszulöschen, so wie er es damals gewünscht hatte, als er in jener letzten Schlacht sich in die Feinde stürzte, um sich schlug und wieder geschlagen ward, Wunden austeilte und empfing, bis er zusammenbrach. Aber was dann? Dann gab es die Pause einer Ohnmacht, oder eines Schlummers, oder eines Todes. Und gleich darauf war man wieder wach, mußte die Ströme des Lebens in sein Herz und die furchtbare, schöne, schauerliche Bilderflut von neuem in seine Augen einlassen, endlos, unentrinnbar, bis zur nächsten Ohnmacht, bis zum nächsten Tode. Der war, vielleicht, eine Pause, eine kurze, winzige Rast, ein Aufatmen, aber dann ging es weiter, und man war wieder eine der tausend Figuren im wilden, berauschten, verzweifelten Tanz des Lebens. Ach, es gab kein Auslöschen, es nahm kein Ende.

Unrast trieb ihn wieder auf die Füße. Wenn es schon in

diesem verfluchten Ringeltanz kein Ausruhen gab, wenn schon sein einziger, sehnlicher Wunsch unerfüllbar war, nun, so konnte er ebensogut seine Wasserschale wieder füllen und sie diesem alten Manne bringen, der es ihm befohlen hatte, obwohl er ihm ja eigentlich nichts zu befehlen hatte. Es war ein Dienst, den man von ihm verlangt hatte, es war ein Auftrag, man konnte ihm gehorchen und ihn ausführen, es war besser als zu sitzen und sich Methoden der Selbsttötung auszudenken, es war ja überhaupt Gehorchen und Dienen weit leichter und besser, weit unschuldiger und bekömmlicher als Herrschen und Verantworten, so viel wußte er. Gut, Dasa, nimm also die Schale, fülle sie hübsch mit Wasser und trage sie zu deinem Herrn hinüber!

Als er zur Hütte kam, empfing ihn der Meister mit einem sonderbaren Blick, einem leicht fragenden, halb mitleidigen, halb belustigten Blick des Einverständnisses, einem Blick, wie ihn etwa ein älterer Knabe für einen jüngeren hat, den er aus einem anstrengenden und etwas beschämenden Abenteuer, einer ihm auferlegten Mutprobe, kommen sieht. Dieser Hirtenprinz, dieser ihm zugelaufene arme Kerl, kam zwar bloß von der Quelle, hatte Wasser geholt und war keine Viertelstunde fortgewesen; aber er kam immerhin auch aus einem Kerker, hatte ein Weib, einen Sohn und ein Fürstentum verloren, hatte ein Menschenleben absolviert und einen Blick auf das rollende Rad getan. Vermutlich war ja dieser junge Mensch schon früher einmal oder einige Male geweckt worden und hatte einen Mundvoll Wirklichkeit geatmet, sonst wäre er nicht hierher gekommen und so lange geblieben; jetzt aber schien er richtig geweckt worden zu sein und reif für den Antritt des langen Weges. Es würde manches Jahr brauchen, um diesem jungen Menschen auch nur Haltung und Atmen richtig beizubringen.

Nur mit diesem Blick, der eine Spur von wohlwollender Teilnahme und die Andeutung einer zwischen ihnen entstandenen Beziehung enthielt, der Beziehung zwischen Meister und Schüler – nur mit diesem Blick vollzog der Yogin die Aufnahme des Schülers. Dieser Blick vertrieb die nutzlosen Gedanken aus des Schülers Kopf und nahm ihn in Zucht und Dienst. Mehr ist von Dasas Leben nicht zu erzählen, das übrige vollzog sich jenseits der Bilder und Geschichten. Er hat den Wald nicht mehr verlassen.

Sehnsucht nach Indien

Wer einmal nicht nur mit den Augen, etwa als Luxusreisender auf einem Touristendampfer, sondern mit der Seele in Indien gewesen ist, dem bleibt es ein Heimwehland, an welches jedes leiseste Zeichen ihn mahnend erinnert. Wieviel tausendmal, seit ich vor vierzehn Jahren in Indien war, haben Kleinigkeiten auf dem Umweg über die Sinne mich erinnert, mich gemahnt, mir Heimweh geweckt! Einmal war es die blecherne Palme im Ladenfenster eines Tabakhändlers, unter der ein rauchender Schwarzer stand, ein andermal war es der Geruch von Gewürzen, der Geschmack von Curry oder Ingwer, oder der Duft von Sandelholz, der indischste aller Gerüche. Aber auch jenes schwelende Holzfeuer im Freien, das seinen Rauch über die Erde wehen läßt, mahnt an Südasien, mahnt an die Küsten des Meeres und die Ufer der großen Urwaldströme, wo überall den ankommenden Fremden als ersten Gruß der leis duftende Rauch dörflicher Feuer empfängt. Einmal war es der Mundwinkel eines alten Professors, der irgendwie Ähnlichkeit mit dem Maul eines Chamäleons hatte, und mir fiel jenes kleine, grüne Chamäleon wieder ein, mit dem ich einst hoch oben auf Ceylon, schon nah am Gipfel des Pedrotallagalla, ein merkwürdiges Gespräch über Tiere und Menschen, über Europa und Indien hatte, und von dem ich in einer Viertelstunde mehr gelernt habe, als ich vorher in zehn fleißigen Jahren hatte erwerben können.

Und erst kürzlich noch, auf einer Reise, in Nürnberg, im alten gotischen Nürnberg, das so verzaubert, traurig und phantastisch inmitten seiner Fabriken und seines Automobilgerassels steht und vielleicht morgen schon eingestürzt sein kann – in Nürnberg also, da lief ich durch die alte Stadt, und hundert und tausend hübsche, merkwürdige und ungewöhnliche Dinge schlüpften durchs Auge in mein inneres Bilderbuch, und zu diesen tausend Bildern gehörte auch das eines schönen festen, alten Hauses, einer Apotheke, welche den Namen »Zur Kugel« trug, und in deren Schaufenster ich, unter andern entzückenden Dingen, ein neugeborenes Krokodil entdeckte, leider nicht lebend, sondern präpariert, mitsamt dem Ei, aus dem es gekrochen war. Oh, wie fiel der Tag in Djambi auf Sumatra mir wieder ein, wo mir von einem Gastfreund sechs junge lebende Krokodile als Geschenk angeboten wurden, etwa fünf Wochen alt, herrliche phantastische Wesen, denen ich meinen Finger ins Maul stecken konnte, denn sie waren noch zahnlos und kauten an meinem Finger herum wie Säuglinge an ihrem Stück Veilchenwurzel! Und wieder fühlte ich das Heimweh, die alte, schöne und törichte Sehnsucht, noch einmal zu reisen, noch einmal von Europa weg und in die Tropen, unter die Palmen und zu den Affen zu kommen, in die Wärme der feuchten Urwälder und in die Dämmerung der goldenen Tempel.

Diesmal nun, nach der Heimkehr von der Nürnberger Reise und dem aus seinem hübschen Ei gekrochenen Krokodil, heimgekehrt in die angenehme Helligkeit meines Südens, finde ich mich durch andere Zeichen an Indien erinnert. Unter dem Gebirge von Büchern, das die Post während meiner Reisewochen in meine Wohnung getragen und mit dem sie mir mein Zimmer verbaut hat, finde ich einige Grüße aus Asien, und wenn es auch nur bedrucktes Papier ist, das mir diesmal den Dienst des Boten aus Osten leistet, ich nehme diese Sachen doch mit Ehrfurcht in die Hand.

Das sind zwei schöne Bücher mit Bildern, bei denen ich lange verweile. Das eine heißt *»Sunda«*, darin schildert *Martin Borrmann,* ein junger Dichter, eine Reise durch die Insel Sumatra. Sumatra! Ja, junger Mann, dort sind auch wir einst gewesen, haben am Batang Hari die Affen brüllen hören und am Moesi die Krokodile im Sand liegen sehen, und in seinem Buch über Sumatra sind für unsereinen schon die Namen, mit den sanften malaischen Endungen, eine erwünschte Musik. Borrmanns Buch, erschienen in der Frankfurter Sozietätsdruckerei, ist ein großer dicker Band auf herrlichem Papier, mit einer großen Zahl von farbigen Bildern geschmückt, ein hübsches und appetitmachendes Werk für Hand und Auge. Der junge Dichter ist durch Sumatra nicht bloß gereist, um Stimmungen zu empfinden und Gedichte zu machen, er hat viel gesehen und erfragt, und wenn man die Mühen des Tropenreisens kennt und die ewige Verführung des Ostens zum Nichtstun, dann bekommt man Respekt vor der Leistung dieser Reise. Man wird aber auch traurig, denn noch selten hat ein Gruß aus Indien mir so deutlich gezeigt, wie rasch die Eroberung der primitiven Völker durch die Maschinenkultur vor sich geht. Das Sumatra von 1911, das ich gesehen habe, war von dem heutigen sehr verschieden, ebenso wie die Stimmung, in der ich damals reiste, tief verschieden war von der, in welcher dieser junge Deutsche von heute seine erste Weltfahrt unternahm. Das kluge, schöne Buch verdient aufmerksam gelesen zu werden, es bringt nicht bloß eine Menge sachlicher Feststellungen und Beobachtungen und erfreut überall durch die Aufrichtigkeit seiner Gesinnung, es gibt darüber hinaus auch einen Hauch von moderner Weltstimmung. Aber es handelt von einer untergehenden Welt. In Bälde wird es kein primitives Volk in Asien mehr geben, und keinen Malaien, der nicht den kleinen Amerikaner spielte, und keinen Urwald, durch den nicht in Zement gefaßte korrigierte Flüsse gingen. – Die hübschen farbigen Zeichnungen des Buches sind von Siegfried Sebba.

Das andere Indienbuch, das ich aus meinem Büchergebirge hervorzog, und bei dem ich zuweilen des Abends blätternd sitze, gehört zu der Buchreihe »Der indische Kulturkreis« im Verlag Georg Müller (München) und handelt von *Ceylon*. Den Text hat *F[riedrich] M. Trantz* geschrieben, und ich werde ihn später einmal lesen. Der schöne Quartband enthält 128 ganzseitige Abbildungen nach guten Photographien, und es ist eine Lust, in diesen vielen Bildern spazierenzugehen. Ein Teil der Bilder gehört zum alten eisernen Bestand der Ceyloner Fremdenindustrie, es sind Bilder, die seit Jahrzehnten jeder Reisende auf Ansichtskarten und in Alben überall zu kaufen bekommt. Doch sind zum Glück auch recht viele neue, originelle Bilder dabei. Ach, da fand ich den Schatten des Adamspik und fand den Pedro wieder, die Heimat meines Chamäleons, und fand den Mahawelli mit seinen badenden Elefanten, und die Heiligtümer von Kandy, auch verschiedene der dortigen Buddhas, nicht aber jenen kleinen aus Bergkristall, der dort auf einem Weihaltar steht und mir der unvergeßlichste geblieben ist. Auch der Riesenbambus von Peradeniya fehlte nicht, das schönste Stück Pflanzenwuchs, das ich auf Erden kenne. Einiges aber, was zum Schönsten auf Ceylon gehört, scheint sich auch heute noch den Apparaten der Fremden zu entziehen, so vor allem die heilige Dämmerung der Höhlentempel und der darin schlafenden Buddha-Riesen, von denen der Besucher nur einen traumhaft unbestimmten Schimmer mitnehmen darf. Wer Indien liebt und gelegentlich Sehnsucht dahin hat, dem kann dies Ceylonbuch mit seinen Bildern ein lieber Kamerad und Tröster werden.

Auf Ceylon soll es noch einige Weddas geben, primitive Waldmenschen. Bald werden sie ausgestorben oder gegen Eintrittsgeld zu sehen sein. Es gibt keine Primitiven mehr. Es wird vielleicht einmal auch keinen Urwald mehr geben und keine Krokodile. Aber wenn es für moderne Menschen mit Feuerwaffen und Kaufmannsgeist ziemlich leicht ist, primitive Völker auszurotten und naive Heiligtümer zu zerstören – viel schwerer ist es, alte Kultur zu zerstören. Die hält, wenn auch entartet und krank, über die Jahrhunderte weg, man sieht das bei den Chinesen, und noch mehr bei den Indern des Nordens. Dort, in Bengalen, herrscht eine hohe Geistigkeit, vielfach europäisch infiziert oder auch durch alte Inzucht geschwächt, aber in Denken und Kunst noch heute produktiv und voll eines guten, friedlichen, auf Einheit gerichteten Geistes. Ein Zeugnis dieses Geistes fand ich, froh überrascht, ebenfalls in meinem großen Bücherberg vor. Es waren zwei dicke Bände aus Calcutta, und sie enthielten eine Menge von Heften der *Calcuttaer »Modern Review«*, einer ausgezeichneten Monatsschrift. Einer meiner indischen Freunde hat sie mir geschenkt. Ich finde in diesen Blättern, die von Ramananda Cyatterjee herausgegeben werden, zwar in der äußeren Aufmachung und Stoffansammlung Einflüsse des amerikanisch-europäischen Magazintyps, dahinter aber überall eine Gesinnung, Frische und Geistigkeit, dabei eine friedliche Internationalität, wie sie kaum eine europäische Monatsschrift hat. Seid gegrüßt, liebe indische Freunde drüben, ich blättere in euren Heften, sehe die Bilder von Tagores Malerbrüdern und, mir noch lieber, die Bilder eurer Maler Kalasala und Srimati Sukumari Debi, und glaube eure Stimmen aus der Ferne zu hören, eure singenden, lieben, ebenso feierlichen wie kindlichen Stimmen.

Nun aber ist es Zeit, mich loszumachen und das Indien-Heimweh abzuschütteln. Heimweh ist eine schöne Sache, und ich bin der letzte, der sich darüber als über eine Sentimentalität lustig machen würde. Aber Gefühle und Phantasien haben das an sich, daß sie bis zu einer gewissen Steigerung an Macht und Schönheit und Wert gewinnen, darüber hinaus aber wieder flau und faul werden – dann ist es Zeit, andere Phantasien, andere Empfindungsreihen aufsteigen zu lassen aus der unerschöpflichen Schlucht unserer Seele. Weg dann mit dem Indien-Spiel, weg mit der Indien-Sehnsucht, sie wird ohnehin bald genug in irgendeiner Form wiederkehren. *(1925)*

Nachwort

Die weltweit bekanntesten, beliebtesten und somit einflußreichsten deutschen Dichter des 20. Jahrhunderts sind Thomas Mann und Hermann Hesse. Bei allen Verschiedenheiten ist ihnen der exotische Geburtsort ihrer Mütter gemeinsam. Die Mutter von Thomas Mann ist in Brasilien, im mondänen Rio de Janeiro, diejenige Hermann Hesses in Indien, fast schon im Urwald der subtropischen Malabarküste zur Welt gekommen. Solche Prägungen bleiben nicht ohne Auswirkung, ob es sich nun früh, wie bei Hesse, oder spät erst, wie bei Thomas Mann (u. a. in seinem unvollendeten Felix Krull-Roman) niederschlägt. Beide haben sie ihre Mutter geliebt und von ihr die künstlerisch-sinnliche Komponente ihrer Veranlagung geerbt.

Bei Hermann Hesse freilich kam noch hinzu, daß bereits seine Großeltern und auch sein Vater in Indien gelebt hatten, doch nicht als Kaufleute, sondern als Sendboten der Basler Mission, welche die Hindus, Moslems und Buddhisten gegen die Konkurrenz der anglikanischen, katholischen, methodistischen, wiedertäuferischen und sonstigen christlichen Fraktionen nun auch noch für die protestantische Variante der Heilslehre ihrer Kolonialherren zu erwärmen versuchten. Zwar war Hermann Hesses Vater bei der Geburt seines Sohnes schon seit fünf Jahren aus Indien zurück und vom Missionsdienst vor Ort aus Gesundheitsgründen freigestellt worden, doch setzte er diese Tätigkeit als Leiter des damals größten deutschen Missionsverlages auf publizistische Weise auch in der Heimat fort. So hatten seine Kinder reichlich Gelegenheit, mit den sogenannten Heiden, den Objekten dieses Bekehrungseifers, in Berührung zu kommen. Was Wunder, daß Hermann Hesse spätestens ab dem Zeitpunkt mit diesen Menschen zu sympathisieren begann, als auch ihm die Selbstbestimmung abgenommen werden sollte und ihn die Eltern in ihre eigene Laufbahn zu drängen begannen. So mußte er sich wehren, selber zum Opfer eines Weltbildes zu werden, das seiner vielseitigen Veranlagung so starke Grenzen setzte, daß er sich darin gefangen vorkam »wie ein Vogel in einem zu engen Käfig«.

»So groß und edel das Christentum meiner Eltern als Dienst und Opfer war«, erinnert Hesse sich 1930 in seinem Aufsatz »Mein Glaube«, »die konfessionellen und zum Teil sektiererischen Formen, in denen wir Kinder es kennenlernten, waren mir schon sehr früh verdächtig und zum Teil ganz unausstehlich. Es wurden manche Sprüche und Verse gesagt und gesungen, die schon den Dichter in mir beleidigten.« Und ein Dichter, das war ihm seit seinem zwölften Lebensjahr klar, wollte er werden, nicht aber ungeprüft übernehmen, was für seine Eltern das Zweckmäßigste und Naheliegenste war, also die Familientradition fortzusetzen und gleichfalls ein missionierender Kirchenbeamter zu werden. Deshalb lief er im Alter von 14 Jahren schon nach wenigen Monaten aus dem Theologischen Seminar fort, wo die ihm vorbestimmte Laufbahn beginnen sollte. Diese Flucht war ein unerhörter und bisher einmaliger Vorgang in der Maulbronner Eliteschule, die schon vor ihm viele berühmte Männer der deutschen Geistesgeschichte, wie u. a. Johannes Kepler und Hölderlin, hervorgebracht hatte. Hesses Eltern waren so ratlos, daß sie ihren Sohn zunächst zu einem befreundeten Pfarrer in ein religiöses Erweckungs- und Heilungszentrum schickten, wo ihm der Teufel seines Eigensinns ausgetrieben werden sollte. Vergebens. Ein Selbstmordversuch beendete diesen Zähmungsversuch, worauf der Fünfzehnjährige in einer Heilanstalt für Schwachsinnige und Epileptische interniert wurde. Vier Monate blieb er dort, schrieb verzweifelte Briefe nach Hause, worin er mit dem christlichen Weltbild der Erbsünde abrechnete, und dem daraus abgeleiteten pietistischen Erziehungsprinzip, jungen Menschen ihren Willen zu brechen. Schließlich mußte man den alles andere als Schwachsinnigen wieder auf freien Fuß setzen, schickte ihn in ein Gymnasium, das er ein Jahr später, sechzehnjährig, mit provisorischem Abschluß wieder verließ. Damit er den sogenannten Ernst des Lebens kennenlerne, hatte er daraufhin eine einjährige Schlosserlehre zu absolvieren. Dann endlich gab man es auf, seine literarischen Neigungen zu behindern und entließ ihn in eine Buchhändlerlehre in der Hoffnung, daß er dabei seinen Interessen nachkommen und als Kaufmann wenigstens seinen Lebensunterhalt bestreiten werde. Das Experiment glückte. Fünf Jahre lang arbeitete Hesse nun täglich zehn Stunden als Buchhandelsgehilfe in Tübingen und Basel, eignete sich dabei autodidaktisch einen beträchtlichen Teil der Weltliteratur an und schrieb seine ersten eigenen Bücher: Gedichte, Erlebnisberichte, Traumtagebücher, Rezensionen und den Roman *Peter Camenzind*. Das Buch wurde ein solcher Erfolg, daß er den Brotberuf als Angestellter im Buchhandel aufgeben und nur noch vom Schreiben leben konnte.

Dieser dramatische Hindernislauf seiner Jugend ist deshalb erwähnenswert, weil er etwas von der Unterdrückung, dem pädagogischen Kolonialismus zeigt, der seine künftige Sympathie mit den Opfern jeder Bevormundung verständlich macht. Hesses lebenslanger Widerstand gegen die Vergewaltigung individueller Bestrebungen, seien sie nun religiös oder politisch, der seine Bücher durchzieht, die Bestärkung seiner Leser in dem, was sie von den Normen trennt, erklärt sich daraus, aber auch seine Neugier auf alle Kulturen mit größerer Toleranz und mehr Respekt vor der Vielfalt der Lebensformen. Um die Jahrhundertwende, in seinem Roman *Peter Camenzind*, hatte er der beginnenden Industrialisierung, dem Merkantilismus und der großspurigen Expansionspolitik des deutschen Kaiserreiches ein naturverbundeneres Lebensmodell entgegengesetzt. Das Buch war ein Aufbegehren gegen die Einäugigkeit des Fortschritts, gegen das Diktat maschineller Fremdbestimmung, gegen die Beschleunigung, Monotonisierung und Versklavung des Lebens durch Stechkarte und Stoppuhr. Die vielgerühmten Vorteile der Mechanisierung und der angebliche Gewinn an Zeit, den die Rationalisierungstechnologie brachte, waren Hesse deshalb nicht geheuer, weil ja der ganzen Betriebsamkeit und Beschleunigung kein Gewinn an Lebensqualität entsprach. Es sei, schrieb Hesse damals in einem Brief, »mit den Maschinen wie mit allem, die paar guten und freien Menschen werden gefördert, aber den Millionen Lumpen wird ihr Betrieb ebenfalls erleichtert«.[1] Für kreative Naturelle könne dieser Fortschritt durchaus ein Segen sein, doch mache ihn die Mehrheit der Spekulanten, die sich ja gleichfalls dieser Vorteile bedienen könnten, wieder hinfällig.

In seinem nächsten Roman *Unterm Rad* rechnete er ab mit dem autoritären Schulsystem seiner Zeit, mit der vormilitärischen Anpassungs- und Wettbewerbsdressur, bei der ein sensibler und hochbegabter Schüler in den Tod getrieben wird. Dieses Buch ist heute in Japan das meistgelesene Werk von Hesse – in einem Land, das seine Kinder vom Vorschulalter an uniformiert und bis in das Berufsleben hinein einem unmenschlichen Selektionsprozeß ausliefert. – So ist es nicht verwunderlich, daß diese Geschichte eines Schülerselbstmords überall dort millionenfache Verbreitung findet, wo die Selbstmordrate von Schülern besonders hoch ist. Bei Hesse finden junge Menschen Verständnis für ihre Konflikte zwischen Anpassung und Selbstverwirklichung, weil er sie aus ganz ähnlichen Erfahrungen heraus bestärkt und ihnen Mut und Selbst-

1 Unveröffentlichter Brief Hesses vom 16.11.1907 an Jakob Schaffner.

vertrauen zu einem eigenen, nicht konformistischen Weg gibt.

Erst einmal mußte sich Hesse diese Probleme von der Seele schreiben, weil sie ihn in seiner Jugend fast umgebracht hatten, bevor er sich auf die Suche nach alternativen Kulturen und Weltbildern machen konnte, die humanere Existenzformen ermöglichten. Fast zehn Jahre lang bis zu seinem 30. Lebensjahr machten ihm die Darstellung und Rechtfertigung seiner Abweichungen von den traditionellen Erwartungen zu schaffen. Erst dann war er frei, sich Neuem zu öffnen. Daß er sich daraufhin ausgerechnet Indien zuwandte, jener Kultur, die seine Vorfahren zu christianisieren und europäisieren versucht hatten, ist nicht verwunderlich. Angeregt durch Arthur Schopenhauer, dem am stärksten von indischem Denken geprägten europäischen Philosophen, beginnt Hermann Hesse ab 1907 mit Yoga, Askese und Selbstkasteiung zu experimentieren. Er vertieft sich mit Herzklopfen, wie er sagt, in die esoterischen Erkenntnisse der *Bhagavadgita* und die damals nur ins Lateinische übersetzten »frühlingshaften Gleichnisse« der *Upanishaden* und unternimmt daraufhin 1911 die weiteste Reise seines Lebens, nach Indonesien, wo er drei Monate lang die Völker studiert, an denen – wie er sagt – »der Europäer bis heute nur Dieb, Eroberer und Ausbeuter geworden ist«.[2]

Ein befreundeter Schweizer Maler, Hans Sturzenegger, der seinen Bruder in Singapur besuchen wollte, begleitete ihn auf dieser Reise, auf deren Rückweg Hesse auch Vorderindien und dort vor allem Kerala kennenzulernen hoffte, wo seine Mutter geboren war, und dessen Sprache, das Malayam, sein Großvater Hermann Gundert einen Großteil seiner Lebensarbeit gewidmet hatte. Aber es

2 »Erinnerung an Asien«, in: H. Hesse, *Sämtliche Werke*, herausgegeben von Volker Michels, Frankfurt am Main 2001, Bd. 13 »Betrachtungen und Berichte I. 1899–1926«, S. 352.

kam anders. Wie vordem seinem konstitutionell zarten Vater, machten auch Hesse das tropische Klima und die ungewohnte Ernährung so sehr zu schaffen, daß er es in diesen Breitengraden nur zwölf Wochen lang aushielt. Die Reise führte über Penang, Kuala Lumpur und Singapur nach Djambi und in den Süden Sumatras. Auf dem Rückweg besuchte er das Hochland von Sri Lanka und die alte Königsstadt Kandy. Danach mußte er seine Expedition früher als beabsichtigt abbrechen, ohne den indischen Subkontinent betreten zu haben. Doch auch in der damals als »Hinterindien« bezeichneten Inselwelt fand er auf überwältigende Weise bestätigt, was er als Kind schon im Elternhaus an den zum Christentum bekehrten »Heiden« beobachtet hatte: die »religiöse Ordnung und Gebundenheit all dieser Millionen Seelen. Der ganze Osten atmet Religion, wie der Westen Vernunft und Technik atmet.«[3] Primitiv und jedem Zufall preisgegeben schien ihm das Seelenleben des Abendländers, verglichen mit der beschirmten, vertrauensvollen Religiosität des Asiaten, er sei nun Buddhist, Hindu oder Moslem. »Was wir Nordeuropäer in unserer intellektualistischen und individualistischen Kultur nur selten, etwa beim Anhören einer Bachmusik, empfinden dürfen, das selbstvergessene Gefühl der Zugehörigkeit zu einer ideellen Gemeinschaft und des Kräfteschöpfens aus unversieglich magischer Quelle, das hat der Mohammedaner, der am fernsten Winkel der Welt abends seine Verbeugungen und Gebete verrichtet, und hat der Buddhist in der kühlen Vorhalle seines Tempels jeden Tag. Und wenn wir das, in einer höheren Form, nicht wieder gewinnen, dann werden wir Europäer bald kein Recht auf den Osten mehr haben.«[4]

Auf seiner Reise erlebte er Malayen, Singhalesen, Ta-

3 »Erinnerung an Asien«, SW 13, a.a.O., S. 353.
4 »Aus Indien«, SW 13, a.a.O., S. 283.

milen und Chinesen. Dabei wurde ihm die Verwandtschaft zwischen Buddhismus und lutheranischem Protestantismus, hinduistischer und katholischer Bilderfreudigkeit und die einzigartige Legierung bewußt, zu welcher die Japaner den auf das Praktische gerichteten Konfuzianismus und den spirituelleren Taoismus unter dem Einfluß der indisch-chinesischen Buddhalehre zum Zen-Buddhismus verschmolzen haben, zu einer unverquälten, Weltliches wie Geistiges, Logik und Intuition in weltoffener Harmonie verbindenden Lebenshaltung, die ihm auch bei der vorwiegend chinesischen Bevölkerung Singapurs so imponieren sollte. Nur die Chinesen machten ihm den Eindruck eines Kulturvolkes, »eines Volkes, das in langer Geschichte geworden und gebildet ist und im Bewußtsein der eigenen Kultur nicht nach rückwärts, sondern in eine tätige Zukunft blickt«. Indessen war es von diesem erfreulichen Augenschein bis zum wirklichen Verständnis der philosophischen und kulturgeschichtlichen Zusammenhänge für ihn noch ein weiter Weg. Gab es doch bis 1911 in Deutschland weder verläßliche Übersetzungen des *Gilgamesch*, der Veden, der *Upanishaden*, der *Bhagavadgita*, der *Reden Buddhas* noch der Schriften Lao Tses, die bei uns erst sieben Jahre später zu erscheinen begannen. Doch schon diese ersten, vor Ort erlebten Eindrücke und Beobachtungen genügten ihm, um bald darauf eine intensive Beschäftigung mit diesen Quellenwerken zu beginnen, deren Ergebnisse nach dem Leidensdruck des Ersten Weltkrieges in seine indische Dichtung *Siddhartha* mündeten. Hier sollte es ihm glücken, eine gemeinsame Formel für das zu finden, was Buddhismus, Hinduismus, Konfuzianismus, Taoismus und Christentum miteinander verbindet, in einer Dichtung, die er als sein Glaubensbekenntnis bezeichnete und von der Henry Miller sagte, er halte Hesses *Siddhartha* »für eine wirksamere Medizin als das Neue Testament«.

Im Dezember 1911 nach Europa zurückgekehrt, fixierte der 35jährige seine Eindrücke zunächst in dem 1913 erschienenen Buch *Aus Indien*, dessen bemerkenswertester Bestandteil die Erzählung »Robert Aghion« ist, worin er sich erstmals auch literarisch mit dem problematischen Religionsverständnis seiner Familie auseinandersetzt. Ursprünglich trug diese Erzählung die konkretere Überschrift »Der Missionar«. Später hat er diesen Titel durch den Eigennamen der Hauptfigur Robert Aghion ersetzt, weil er wohl ahnte, wie allergisch sein damals noch lebender Vater und die ihm nahestehenden Kreise der Mission darauf reagieren würden.

Diese Geschichte schildert den Werdegang eines englischen Vikars, der als Missionar in die britische Kronkolonie Bombay geschickt wird und bald schon erkennen muß, daß die stolzen Brahmanen keineswegs jenes angeblich so ignorante Naturvolk waren, das darauf wartet, sich von den Europäern über die göttliche Ordnung belehren zu lassen. Wie Hesse selbst, erlebt Robert Aghion den indischen Alltag als so von Religiosität und frommer Symbolik durchdrungen wie nirgendwo in Europa und findet dabei eine Toleranz gegen Andersgläubige, die ihn beschämt. Im Gegensatz zu seinen Landsleuten – Kolonialherren, Händlern und Missionaren –, erlernt er die Sprache der Hindus, und in dem Maße, wie er dabei die von ihm zu »bekehrende« Kultur kennenlernt, scheint es ihm »eine Frechheit und Überhebung, als Abgesandter eines fernen Volkes diesen Menschen ihren Gott und Glauben zu nehmen und einen anderen dafür aufzunötigen.«[5]

Robert Aghions Abkehr von seinem missionarischen Auftrag, sein Erlernen der hinduistischen Sprachen und die wachsende Wertschätzung dieser Menschen, mag eine Referenz an Hesses Großvater, Dr. Hermann Gundert (1814–1893), gewesen sein, der gleichfalls als Missionar

5 »Robert Aghion«, S. 52.

an die Malabar-Küste ausgezogen war und 24 Jahre später zwar nicht als Hinduist, doch als hochkarätiger Indologe zurückkehrte, nachdem er die vielen Malayam-Dialekte durch seine Bibelübersetzung – wie Luther die deutschen Mundarten – zu einer Hochsprache verschmolzen hatte. Er begründete und organisierte das Schulwesen in Kerala und verfaßte die ersten Wörterbücher, Grammatiken, Übersetzungen aus dem Sanskrit ins Malayam. Sie und besonders das »Lexikon der Malayam-Sprache«, an dem er 35 Jahre gearbeitet hat, sind Standardwerke geblieben bis auf den heutigen Tag. Dieser Großvater mütterlicherseits ist nach wie vor einer der bekanntesten Europäer an der Westküste Indiens. Denn er hat sein Gastland nicht ausgebeutet, sondern ihm etwas gebracht. Er hat dazu beigetragen, daß Kerala heute das höchst entwickelte Land Indiens mit den wenigsten Analphabeten ist. In der Akademie von Neu-Delhi erinnert eine Gedenktafel an ihn. Im August 2000 wurde im Zentrum der keralesischen Großstadt Talasseri, wo Hermann Gundert die längste Zeit ansässig war, die Hauptstraße nach ihm benannt und durch den Ministerpräsidenten des Landes eine Statue von ihm eingeweiht. Internationale Hermann Gundert-Colloquien (1979 in Calicut, 1986 in Berlin und 1993 in Stuttgart) zeigen, wie lebendig die Erinnerung an diesen Sprachforscher bis in die Gegenwart geblieben ist.

Zehn Jahre nach seiner Missionarserzählung »Robert Aghion« hat Hesse in der Buddha-Legende *Siddhartha* seinem Helden einen Gegenspieler zur Seite gesetzt: Es ist Siddharthas Freund Govinda, der sich nicht zu lösen vermag von der Autorität des Gotama. Obwohl auch Siddhartha den Buddha verehrt, muß er ihn doch an einem bestimmten Punkt seiner Entwicklung verlassen, um selber ein Gotama werden zu können, während Govinda immer ein Schüler, ein Höriger und Epigone bleibt.

Vielleicht hat Hesse bei seinem Govinda an Hermann

Gunderts 1877 erschienene Schrift »Gowinda der Elefantenführer. Ein Lebensbild aus Malabar« gedacht. Doch auch Hesses Govinda erreicht am Ende seines Weges jene Gelassenheit und Heiterkeit, wie er sie an seinem Großvater erlebt hat, trotz dessen Loyalität zu seinen Arbeitgebern in der Basler Mission. Daß Hermann Hesse selbst den risikoreicheren Weg Siddharthas gehen und als Künstler auf freiere Weise dieselbe Souveränität erreichen konnte, dafür hat er dem Großvater einiges zu verdanken. Denn dieser ist es gewesen, der, nachdem sein Enkel aus dem theologischen Seminar in Maulbronn entlaufen war und verzweifelt und trotzig nach Hause zurückkehrte, den damals Vierzehnjährigen – statt mit einer vernichtenden Strafrede, wie seine Eltern, – verschmitzt und gelassen mit den Worten empfing: »So, du bist's, Hermann. Ich hab' gehört, du habest neulich ein Geniereisle gemacht!«[6]

Solch ein »Geniereisle«, ein Ausbruchsversuch aus europäischen Lebens- und Denkgewohnheiten und seiner Rolle als Familienvater, Hausbesitzer und Mitarbeiter im selbstgefälligen Kulturbetrieb des prahlerischen letzten deutschen Kaisers war auch Hesses Expedition nach Südostasien. Und seine Ahnung, daß die ganze abendländische Betriebsamkeit, die Überbewertung der Sekunde, des Materiellen und Quantitativen nur Oberfläche und Selbsttäuschung sei, fand er dort bestätigt. Noch 1936, in einem Brief an Arthur Stoll, betont Hesse: »Nach der indischen Vorstellung, die ich immer geliebt habe, ist das ganze Reich der Zeit und Zahl, das Reich der Materie und Quantität, nur ›Maya‹, Oberfläche und Scheinbild. Das wirklich Seiende steht dahinter. Dorthin ziele ich.« Nach seiner Rückkehr 1912 schrieb er an Wilhelm Schäfer: »In

6 »Großväterliches«, in: H. Hesse, SW 12 »Autobiographische Schriften II. Selbstzeugnisse, Erinnerungen, Gedenkblätter und Rundbriefe«, a.a.O., S. 586.

Indien war es sehr schön, wenn ich die Kost dort vertragen hätte ..., wäre ich noch lang geblieben. So gab ich Vorderindien preis«[7] ... »Ich war im Urwald in Hinterindien und Sumatra, habe mit den Affen malayisch gesprochen, Schmetterlinge gefangen und Krokodile belauscht. Es war wundervoll und ich ginge am liebsten schon bald wieder hin, nur sind es leider 24 Tage Seereise.«[8] Die Mehrheit der Einheimischen erlebte Hesse mit Sympathie und Zorn auf die Kolonialmächte als »arme Reste einer alten Paradiesmenschheit, die vom Westen korrumpiert und gefressen wird, liebe gutartige und geschickte Naturvölker, denen unsere Kultur den Garaus macht. Wenn die Weißen hier das Klima besser vertrügen und ihre Kinder hier aufwachsen lassen könnten, gäbe es keine Inder mehr« (an Conrad Haußmann, Ende November 1911). In einem Aufsatz über indische Architektur bemerkt er 1911: Die Weißen hätten die Städte ganz neu gestaltet und damit Hygiene und Bequemlichkeit, aber wenig Schönheit importiert. »Von allen Europäerbauten sind einzig die Bungalows schön, weil sie sich notgedrungen den Bedürfnissen des Klimas fügen und sich damit an den Urtyp des indischen Wohnhauses halten mußten.« Alles andere, was sie hier gebaut hätten und bauen, wäre würdig, in einer deutschen Bahnhofstraße des 19. Jahrhunderts zu stehen. Falscher Marmor, Wellblech und Gewerbeschulrenaissance verseuche den Geschmack der einheimischen Bauherren. »Das Übelste aber sind die Kirchen ... die dort entwurzelt und in entgleister englischer Gotik das kulturelle Unvermögen des Westens predigen; das gehört, weit mehr als Schmutz und Fieber, zu den Peinlichkeiten einer indischen Reise; denn hier fühlt man sich im Innersten mitverantwortlich. Und diese Dinge sind alle, gleich einem

7 Unveröffentlichter Brief vom Februar 1912 an Wilhelm Schäfer.
8 Unveröffentlichter Brief vom Juni 1912 an L. du Bois-Reymond.

deutschen Postgebäude, ebenso solide wie häßlich gemacht. Ein Malayenhaus, das gestern fertig wurde, wird in drei Monaten wetterfarben und angepaßt und völlig eingewachsen sein, als stünde es schon fünfzig Jahre da. Ein holländisches Residentenpalais aber, eine englische Kirche, ein französisch-katholisches Schulhaus wird unser Auge nicht erfreuen können, ehe es seine schuldbeladene Existenz zu Ende gelebt und seine Bestandteile der Natur zurückgegeben hat.«[9] Daß Europa den Naturvölkern gegenüber »voll von Schuld und ungebüßten Sünden starrt, läßt sich nicht leugnen«, betont er 1914 in seiner »Erinnerung an Asien«: »Die unterdrückten Völker der Tropenländer stehen unserer Zivilisation als Gläubiger mit älteren und gleichbegründeten Rechten gegenüber, wie etwa die Arbeiterklasse in Europa. Wer im eigenen Automobil und Pelz an Arbeitern vorüberfährt, die müde und frierend nach Hause gehen, kann keine ernsteren Gewissensfragen an sich stellen, als wer auf Ceylon, Sumatra oder Java als Herr zwischen lautlos bedienenden Farbigen lebt.« Die Menschen dort hätten es zwar im Gießen von Kanonen und Einrichten von Fabriken nicht weit gebracht, aber sie müßten es eines Tages zweifelsohne lernen und würden damit auch noch den Rest dessen verlieren, was sie den Industrienationen an Lebensqualität voraus hätten. Dies ist in etwa der Tenor von Hesses 1913 erschienenem Reisebericht *Aus Indien*, einem ganz subjektiven, doch in seiner Anschaulichkeit erstaunlich sachlichen Buch, das die Unterschiede der indonesischen und europäischen Lebensart auf eine nach wie vor charakteristische Weise darstellt.

Schon ein Jahr später, 1914, sollte sich der Aktivismus der europäischen Industrienationen im Ersten Weltkrieg entladen, dem Hesse journalistisch und zugleich praktisch mit dem Aufbau einer Zentrale für Kriegsgefange-

9 »Aus Indien«, SW 13, a.a.O., S. 229.

nenfürsorge gegenzusteuern sucht. Damit setzte er sich so vielen Angriffen aus, daß er darüber krank wurde und sich (übrigens als erster namhafter deutscher Schriftsteller) einer Psychoanalyse unterziehen mußte.

1918, wenige Monate vor Beendigung des Völkermordens wurde im Münchner Piper Verlag die erste vollständige und zuverlässige Ausgabe der Reden Buddhas veröffentlicht,[10] in der Übersetzung des drei Jahre zuvor im Alter von 50 Jahren verstorbenen Karl Eugen Neumann. Der äußere Erfolg dieses Menschheitsopus war allerdings gering. In den nächsten zehn Jahren konnten kaum 200 Exemplare davon verkauft werden. Aber das hatte wenig zu besagen, denn die langfristige Wirkung war mit dieser Übertragung gesichert. Der verheerenden Explosion abendländischer Hektik und Überaktivität, dem Bankrott der aggressiven Extrovertiertheit, setzte es eine Besonnenheit auf das entgegen, was den Menschen ausmacht und seine innere Entwicklung fördert. Hesse empfand diese Publikation als Wohltat. In fünf Zeitungen und Zeitschriften hat er mit ausführlichen Besprechungen dafür geworben und sich gegen Kritiker gewehrt, welche glaubten, die dem katholischen »Rosenkranz« ähnlichen Wiederholungen und meditativen Betrachtungsfolgen der Buddha-Reden als monotone Gebetsmühlen verspotten zu müssen: »Diese Kritik«, schreibt Hesse, »geht von einer Einstellung aus, welcher der Sache nicht gerecht zu werden fähig ist. Buddhas Reden sind nicht Kompendium einer Lehre, sondern sie sind Beispiele von Meditationen, und das meditierende Denken eben ist es, was wir bei ihnen lernen können ... Zweck und Resultat der Meditation ist nicht ein Erkennen im Sinn unserer westlichen Geistigkeit, sondern ein Verschieben des Bewußtseinszustandes, eine Technik, deren höchstes Ziel reine

10 *Die Reden Gotamo Buddhas* zum ersten Mal übersetzt von Karl Eugen Neumann, Piper Verlag, München 1918.

Harmonie, ein gleichzeitiges und gleichmäßiges Zusammenarbeiten von logischem und intuitivem Denken ist ... Sobald wir aufhören, die Lehre Buddhas rein intellektuell zu betrachten ... finden wir fast unabhängig vom philosophischen Gehalt den dynamischen Kern seiner Lehre und eines der großen Menschheitsvorbilder in ihm. Wer aufmerksam auch nur eine kleine Zahl der zahllosen Reden Buddhas liest, dem tönt daraus bald eine Harmonie entgegen, eine Seelenstille, ein Lächeln und Drüberstehen, eine völlig unerschütterliche Festigkeit, aber auch eine unbeirrbare Güte und unendliche Duldung. Und über die Wege und Mittel, zu dieser heiligen Seelenstille zu gelangen, sind diese Reden voll von Ratschlägen, Vorschriften und Winken.« Die buddhistische Meditation sei nichts Wissenschaftliches, sondern eine psychische Technik, die auf eine Änderung des Bewußtseinszustandes ziele. Der Gedankeninhalt der Buddhalehre, betont Hesse, sei nur die eine Hälfte seines Werkes, »die andere ist sein Leben, seine geleistete Arbeit«, eine seelische Selbstzucht, »von der jene Ahnungslosen keine Vorstellung haben, die über Quietismus, Träumerei und dergleichen bei Buddha reden und ihm die westliche Kardinaltugend der Aktivität absprechen. Die Warnungen vor dieser Gefahr, die wir so häufig vernehmen, stammen alle von Lagern, die Partei sind, die ein Dogma und ein Rezept zu hüten haben.«[11]

Erst jetzt, nach der Erschütterung durch den Ersten Weltkrieg und nachdem er das buddhistische Quellenwerk studiert hatte, setzte Hesses intensivste Beschäftigung mit Indien ein, mit seiner Kultur und den verschiedenen Metamorphosen indischer Religionsgeschichte. Nach seiner Malaysiareise hatte er zwar viel und mit Sympathie über Indonesien und Indiens Literatur geschrieben, Reiseberichte und Rezensionen von Überset-

11 »Reden des Buddha«, SW 18, a.a.O., S. 351.

zungen aus den *Upanishaden*, den *Veden* der *Bhagavadgita*, über das *Papagaienbuch* und die *Somaweda*-Märchen.[12] Nun aber trat seine Beziehung zu Indien in eine neue Phase und wurde auch produktiv für das eigene poetische Werk. Das erste Ergebnis war die bereits erwähnte Erzählung *Siddhartha*, mit deren Niederschrift er im Dezember 1919 begann. Obwohl sein Protagonist den Vornamen Buddhas trägt, gibt es zwischen Hesses Siddhartha und dem historischen Buddha doch einige Unterschiede. Der historische Buddha, so viel wir heute, mehr als 2500 Jahre nachdem er gelebt hat, von ihm noch wissen können, soll als jung verheirateter Sohn des Präsidenten von Sakya Frau und Sohn verlassen haben. Aus Überdruß am Wohlleben und Luxus, aus Protest gegen die Ungerechtigkeit des Kastensystems, die Korruption der Brahmanen, die Käuflichkeit der Gnade, den Zauber- und Opferkult hat er schließlich über den Weg der Askese und Meditation die Erleuchtung und damit zum Stillstand des ewigen Kreislaufs der Wiedergeburten gefunden.

Auch Hesses Siddhartha ist solch ein Ungenügsamer, der die eingefahrenen Spuren verläßt, um sich selbständig auf die Suche zu machen. Doch ist er eine moderne, von abendländischen Erfahrungen gespeiste Inkarnation des Buddha. Er ist kein Politiker, sondern der Sohn eines Brahmanen, Mitglied der Gelehrten- und Priesterkaste, wie der Theologensprößling Hesse selbst es war. Während aber der historische Buddha mit 29 Jahren fast alles hinter sich hat, Ehe und Familie, dem Irdischen entsagt und die menschliche Existenz als unabänderlichen Leidensweg empfindet, setzt der Erfahrungsprozeß von Hesses Siddhartha schon ein, nachdem er sein Elternhaus verlassen hat. Wie der historische Buddha erlernt er bei den Samanas Askese und Meditation und begegnet einem

12 SW 17, a.a.O., S. 374 ff.

Guru, der die Überwindung der Welt, die Erlösung von Leiden und Tod nicht nur predigt, sondern auch verkörpert. Die Erkenntnis, daß dessen Weisheit nicht mit Worten vermittelt, sondern nur durch eigenständiges Erleben erlangt werden kann, unterscheidet Hesses Siddhartha von den Samanas, die genau Buddhas Gebote befolgen, ohne die Turbulenzen am eigenen Leib erfahren zu haben, aus welchen sie entstanden sind. Deshalb muß Hesses Siddhartha bei der Hetäre Kamala (das Sanskrit-Wort für ›begehren‹) und beim Kaufmann Kamaswami (das Sanskrit-Wort für ›besitzen‹) eine Entwicklung durchlaufen, die das Sansara (Weltleben) nicht meidet, sondern muß es bis zur Neige durchleben, nach der Devise: »Der kürzeste Weg durch die Welt der Schmerzen führt mitten durch den Schmerz hindurch« und: »Eh nicht das Äußerste erreicht ist, kehrt sich nichts ins Gegenteil«: ... »Sobald das Leid groß genug ist, geht es vorwärts«, heißt es in Hesses Märchen *Die Morgenlandfahrt*. Erst als sich der Kreislauf wiederholt und Siddhartha bei seinem eigenen Sohn erfahren muß, daß es aussichtslos ist, Irrwege durch Ratschläge ersparen zu wollen, ist der Höhe- und Wendepunkt seiner Entwicklung erreicht und er wird seinerseits zum Buddha geläutert. Jeder muß sein eigener Lehrer sein und den Weg zu seinem unverwechselbaren Selbst allein entdecken. »Mein Weg nach Indien und China ging nicht auf Schiffen und Eisenbahnen, ich mußte die magischen Brücken alle selber finden ... Ich wußte, daß es in Europa wie in Asien eine unterirdische zeitlose Welt der Werte und des Geistes gab, die nicht durch die Erfindung der Lokomotive und nicht durch Bismarck umgebracht war und daß es richtig war, in dieser zeitlosen Welt, in diesem Frieden einer geistigen Welt zu leben, an der Europa und Asien, Veden und Bibel, Buddha und Goethe gleichen Teil hatten.«[13]

13 »Besuch aus Indien«, SW 13, a.a.O., S. 422ff.

So hat Hesse es erlebt, und anders konnte er dieses alternative Weltbild für Europa nicht wiederbeleben. Die Reaktion seiner Zeitgenossen war zwiespältig, als das Buch im Oktober 1922 erschien. Man wollte nach dem verlorenen Krieg keine Introversion und Selbstkritik, sondern die Schmach der Niederlage verdrängen und das Verlorene zurückhaben. Nicht zufällig begann fast zum selben Zeitpunkt die nationalsozialistische Partei sich zu formieren und Hitler *Mein Kampf* zu schreiben.

Zwei Monate bevor die Buchausgabe von *Siddhartha* ausgeliefert wurde, ergab sich der Glücksfall, daß ein indischer Geschichts- und Literaturprofessor Hesse besuchte. Der damals 31jährige Kalidas Nag aus Kalkutta hatte gemeinsam mit Romain Rolland den Dichter im August 1922 auf einem Kongreß in Lugano den Schluß seines *Siddhartha* vorlesen hören. Und es war Liebe auf den ersten Blick. Denn während seines zweijährigen Aufenthaltes in Europa war dieser Gelehrte aus Bengalen bisher noch keinem Abendländer begegnet, der ihm so von innen heraus asiatisch zu denken und zu leben schien. Deshalb besuchte er den Dichter mehrfach in seiner Eremitage in Montagnola, rezitierte ihm Beispiele bengalischer Lyrik, Gedichte aus dem Sanskrit und sang ihm Lieder von Tagore vor, was Hesse als eine überzeugendere Bestätigung hielt als alle künftigen Pressereaktionen auf sein Buch. »Es war zum ersten Mal, daß mir der Ertrag mein vieljährigen Beschäftigung mit Asien von einem Asiaten bestätigt wurde«, erinnerte er sich in einem Aufsatz, den er bald nach dieser Begegnung schrieb.[14] Und Kalidas Nag notierte in sein Tagebuch: »ki sunda manus – was für ein wunderbarer Mensch!« Für Hesse wiederum war Kalidas Nag, wie er 1923 schrieb, ein »Engel aus einer imaginären Heimat«, von dem er sich nicht nur intellektuell verstanden glaubte, sondern aus einem ge-

14 »Besuch aus Indien«, a.a.O.

meinsamen Urgrund heraus. (Vermutlich war es auch das Stilistische, was den Inder in Hesses *Siddhartha* ansprach. Denn etwas von der meditativen Sprachmelodie der Reden Buddhas, ihr rhythmisch psalmodierender Tonfall ist in Hesses Dichtung bewußt aufgegriffen und berücksichtigt worden.) Aus dieser Begegnung wurde eine Freundschaft, und noch mehrere Jahre wechselten der Dichter und der indische Gelehrte Briefe miteinander. Martin Kämpchen hat diese Korrespondenz 1993 bei den Nachkommen von Kalidas Nag entdeckt, sie veröffentlicht und sowohl in Kalkutta als auch in Deutschland darüber berichtet.[15] Seine Forschungen haben darüber hinaus ergeben, daß kein anderer der großen deutschen Autoren seiner Generation, weder Thomas Mann, Kafka, Rilke, noch Stefan Zweig, Briefe mit einer indischen Persönlichkeit von kulturellem Rang gewechselt habe. Die Anerkennung durch Kalidas Nag war also das erste und erfreulichste Echo, das die *Siddhartha*-Dichtung ihrem Verfasser brachte.

Ob Hesse glücklich gewesen wäre über die erst nach seinem Tod einsetzende weltweite Rezeption dieses Buches und seiner Verfilmung, darf man bezweifeln. Für Millionen von zivilisationsüberdrüssigen Amerikanern und Europäern ist der *Siddhartha* seit dem Vietnamkrieg zur Bibel geworden. Zu Hunderttausenden kamen sie als Hippies, Tramper oder als sensationshungrige Globetrotter nach Indien, in der Hoffnung, die Botschaft dieses Buches auf touristische Weise nachvollziehen zu können. Vermutlich sind die meisten von ihnen ebenso ernüchtert zurückgekehrt wie Hesse damals von seiner Indonesienreise, enttäuscht darüber, von geschäftstüchtigen Gurus geprellt worden zu sein und von indischer Spiritualität nichts anderes als deren folkloristische Außenseite erlebt

15 Martin Kämpchen, *Hermann Hesse and Kalidas Nag. A Friendship*. Calcutta 1994.

zu haben. Wie Hesse selbst, als er 1911 europamüde nach Malaysia floh, fanden sie dort zumeist nur den Reiz der Exotik. Denn vom indischen Geist, den sie eigentlich gesucht hatten, waren sie durch den Augenschein eher abgelenkt worden. »Ich mußte«, notiert Hesse 1923, »aufhören, in Indien die Erlösung von Europa zu suchen, ich mußte aufhören, Europa im Herzen zu befeinden, ich mußte die magischen Brücken finden, das wahre Europa und den wahren Osten mir im Herzen und Geist zu eigen machen und das dauerte Jahre um Jahre, Jahre des Leidens, der Unruhe, des Krieges, der Verzweiflung.«

Doch mit dem *Siddhartha* war Hesses Umgang mit Indien keineswegs erschöpft. In seinem Aufsatz »Sehnsucht nach Indien« von 1925 kam er ein weiteres Mal auf diese Thematik zu sprechen und empfahl sowohl Neuerscheinungen auf dem deutschen Buchmarkt, die sich mit indischer Kultur befassen, als auch die von Ramananda Cyatterjee herausgegebene Monatszeitschrift »Modern Review« aus Kalkutta, von deren Frische, Geistigkeit und friedlicher Internationalität die europäischen Zeitschriften, wie Hesse meinte, sich ein Stück abschneiden könnten. Er rühmt darin die Bilder der indischen Maler Kalasala und Srimati Sukumari Debi und bedauert einmal mehr, daß es in Asien bald kein primitives Volk und keinen Malayen mehr geben werde, »der nicht den kleinen Amerikaner spielte«, und keinen Urwaldfluß mehr, dessen Verlauf in absehbarer Zukunft nicht korrigiert und in Zement gefaßt sein werde.

Die Wirklichkeit hat diese Voraussage inzwischen längst eingeholt und manche der Beobachtungen Hesses sogar ins Gegenteil verkehrt, so zum Beispiel seine Feststellung von 1912, daß »hier im Osten die wahnsinnige Wichtigtuerei und Freude am brutalen Lärm« fehle und daß im Gegensatz zu den südeuropäischen Städten »das intensive, bunte und starke Leben in den Großstädten mit einer fast ameisenhaften Geräuschlosigkeit« vor sich gehe.[16] Seit der Motorisierung hat sich dies inzwischen grundlegend geändert. Die indischen Städte und Verkehrsadern haben heute einen Lärmpegel, der den der westlichen Länder bei weitem übertrifft. Dazu trägt der exzessive Gebrauch der Hupen bei, die sich geradezu zu einem Ausdrucksmittel entwickelt haben …

In seinem pädagogischen Alterswerk *Das Glasperlenspiel*, das Hesse in den Jahren 1931 bis 1942 als eine Gegenwelt zur Diktatur des Nationalsozialismus konzipierte, finden wir eine weitere Referenz an indisches Denken, an die Vorstellung von Wiedergeburt und Seelenwanderung. Eine der Übungen, die man den Studenten der kastalischen Hochschule abverlangt, ist es, sich die Entwicklungen ihrer individuellen Anlagen unter den verschiedenen Konstellationen anderer Zeitalter vorzustellen. Da »ihrer jetzigen Existenz frühere vorangegangen sein könnten, in anderen Körpern, zu anderen Zeiten, unter anderen Bedingungen«. Deshalb mußten sie als Übung der Imaginationskräfte, erfundene Lebensläufe verfassen, um »ihre eigene Person als Maske, als vergängliches Kleid einer Entelechie« kennenzulernen. Eine der drei von Hesses Romanheld Josef Knecht erdachten Wiedergeburtsphantasien ist der 40 Seiten umfassende »Indische Lebenslauf«, der im hinduistischen Indien spielt. Die Erzählung handelt vom Fürstensohn Dasa, der wie Hesses Romanheld Josef Knecht erkennen muß, daß er für die Politik und die Übernahme von Regierungsgeschäften ungeeignet ist, weil es ihm widerstrebt, auf die Gewaltanwendung seiner politischen Gegner gleichfalls mit Gewalt zu antworten. Diese indische Inkarnation Josef Knechts entstand 1936 und spiegelt so unmittelbar wie kein anderer der Lebensläufe seines Sympathieträgers Hesses eigene Situation, wie er damals – angefeindet von der Presse der Nationalsoziali-

16 »Aus Indien«, SW 13, a.a.O., S. 269.

sten, ebenso wie von den Wortführern der Emigration – im Kreuzfeuer der Polemik unbeirrbar einen Standpunkt einer praktizierten Humanität aufrechtzuhalten versuchte.

Auch die dem Buddhismus entstammende Konzentrationsübung des Yoga spielt bei Hesse eine Rolle: zunächst 1907 in den Notizen eines Naturmenschen »In den Felsen«, dann im *Siddhartha* und programmatischer noch im *Glasperlenspiel.* Sie wird der abendländischen Reizüberflutung und Betriebsamkeit als eine Quelle der Regeneration entgegengesetzt. Die Kontemplation ist für Josef Knecht »der unmittelbare Weg ins Innere des Weltgeheimnisses, wo im Hin und Wider zwischen Ein- und Ausatmen, zwischen Himmel und Erde, zwischen Yin und Yang« sich der Ausgleich vollzieht. »Je mehr wir von uns verlangen, desto mehr sind wir auf die Kraftquelle der Meditation angewiesen, auf die immer erneute Versöhnung von Geist und Seele ... Die wirklich großen Männer der Weltgeschichte haben alle entweder zu meditieren verstanden, oder doch unbewußt den Weg dorthin gekannt, wohin Meditation uns führt. Die anderen, auch die begabtesten und kräftigsten, sind alle am Ende gescheitert, weil ihre Aufgabe oder ihr ehrgeiziger Traum so von ihnen Besitz ergriff und sie zu Besessenen machte, daß sie die Fähigkeit verloren, sich immer wieder vom Aktuellen zu lösen und zu distanzieren.« Es gehe nicht darum, heißt es im *Glasperlenspiel*, unsere intellektuellen Aktivitäten »in ein seelisch-vegetatives Traumleben umzubiegen, sondern im Gegenteil, um geistiger Höchstleistung fähig zu sein. Wir sollen nicht aus der Vita activa in die Vita contemplativa fliehen, noch umgekehrt, sondern zwischen beiden wechselnd unterwegs sein, in beiden zuhause sein, an beiden teilhaben.« Dies war in Hesses Augen auch das Geheimnis für die Erfolge Mahatma Gandhis, dem es gelang, die größtmögliche Aktivität mit scheinbarer Passivität, die politische Befreiung mit Gewaltlosigkeit zu erreichen. Deshalb war für Hesse Gandhi »mehr als sämtliche amerikanischen Präsidenten des Jahrhunderts, samt allen Schöpfern und Vertretern des Kommunismus von Marx bis Stalin«. 1931 in einer Empfehlung von Gandhis Autobiographie schrieb Hesse: »Das Einzige und Herrliche an Gandhi ist nicht sein Wissen um fromme Geheimnisse oder eine besondere Gabe im Formulieren religiöser Begriffe, sondern die Tapferkeit und unbedingte Opferbereitschaft, mit der er seine Person in den Dienst der Wahrheit und des Guten stellt. Das Bezwingende an diesem Führer ist das, daß er seinem Ideal unbedingt und bis zu jedem Opfer die Treue hält, und daß er stets zuerst von sich selber, nicht von den anderen Gehorsam und Opfer verlangt. Es gibt unter den Politikern, Rednern, Predigern der heutigen Welt nicht manchen, welchen wir es zutrauen, daß sie im Notfall für ihre Sache leiden und sterben würde. Gandhi trauen wir es ohne weiteres zu, und er hat es viele Male schon durch die Tat bewiesen. Ein reiner Mensch, bereit für sein Ideal zu leiden und zu sterben, das ist immer und überall ein seltenes Kleinod«. Und ein Jahr später, kurz vor der Machtergreifung Hitlers, betont Hesse: »Man vergleiche Gandhis Person und sein Leben mit irgendeinem unserer Politiker und Propagandisten, um den Unterschied zwischen ehrgeizigem Führerspielen und echtem, vorbildlichem Führerleben zu spüren!« Und als Gandhi dann doch den Preis für seine Unbestechlichkeit bezahlen und sein Leben dafür lassen mußte, kommentierte der Dichter das so: »Der Tod von Gandhi war für mich kein Schrekken, er war die gewissermaßen legitime Antwort der Welt auf Gandhis Leben und Werk, so wie Golgotha die folgerichtige Antwort der Welt auf Jesus war.«[17]

17 Aus einem Brief vom 21.5.1958 an Pia Ludwig.

Hermann Hesse ist dieses Schicksal erspart geblieben. Denn 1912 schon, gleich nach seiner Indonesienreise, hatte er Deutschland verlassen und von der Schweiz aus mäßigenden Einfluß auf sein kriegerisches Vaterland zu nehmen versucht. Damals noch bemühte er sich den Krieg publizistisch zu bekämpfen. Zwanzig Jahre später, im Zweiten Weltkrieg, war er nach bitteren Enttäuschungen zu der Überzeugung gelangt, daß mit tagespolitisch-journalistischen Methoden des Widerstands kaum etwas auszurichten sei. Statt dessen unternahm er den Versuch, der Zerstörung etwas Aufbauendes entgegenzusetzen. Es war das jeden Totalitarismus ad absurdum führende *Glasperlenspiel*. Dort lesen wir über Indien: »Es ist wunderbar: dieses Volk, einsichtig und leidensfähig wie kaum ein anders, hat mit Grauen und Scham dem grausamen Spiel der Weltgeschichte zugesehen, dem ewig sich drehenden Rad von Gier und Leiden, es hat die Hinfälligkeit des Geschaffenen gesehen und verstanden, die Gier und Teufelei des Menschen und zugleich seine tiefe Sehnsucht nach Reinheit und Harmonie, und hat für die ganze Schönheit und Tragik der Schöpfung diese herrlichen Gleichnisse gefunden … vom gewaltigen Shiwa, der die verkommene Welt in Trümmer tanzt.«[18]

Hier wie auch in Hesses Briefen aus den Kriegsjahren ist es dieses hinduistische Symbol, das ihn vor der Verzweiflung bewahrt. »Wenn man genauer zusieht«, antwortet er 1939 bei Kriegsbeginn einem Leser, »ist die Welt nie viel anders gewesen und die alten Mythologien, namentlich die indische, haben das gewußt und wunderbar ausgedrückt, wie der lächelnde Vishnu im Schlaf eine Welt erschafft, eine schöne, strahlende Welt, wie diese Welt verfällt und erkrankt, zu Krieg und Hölle wird, und wie am Ende Shiwa sie zu Trümmern und Scherben tanzt, damit es wieder von vorn anfangen und der hold lä-

18 *Das Glasperlenspiel*, SW 5, a.a.O., S. 290f.

chelnde Vishnu wieder eine strahlende, junge, unschuldige Welt erschaffen kann.« ... »Ich glaube«, schreibt er ein Jahr später, »daß Shiwa schon auf uns tanzt; ich glaube, daß fast alles kaputt gehen wird. Aber ich glaube nicht minder, daß es von vorn beginnen wird, daß alsbald Menschen wieder Opferfeuer anzünden und Heiligtümer bauen werden.«[19] Hitler also als Instrument des Shiwa im ewigen Kreislauf von Zerstörung und Wiederaufbau! Das macht diesen pathologischen Despoten zwar um keine Spur akzeptabler, aber die mehr als 50 Jahre Frieden in Deutschland und Europa, die bisher auf seinen Niedergang gefolgt sind, bestätigen dennoch das hinduistische Geschichtsbild.

Eine weitere indische Vorstellung, das Sanskritwort »tat twam asi« (das bist du) aus den *Upanishaden*, bestimmt Hesses gesamtes Werk seit dem *Siddhartha*. Dieses Wort ist für ihn der »Inbegriff aller Lebenskunst und Glückslehre«, ähnlich dem christlichen »Liebe deinen Nächsten wie dich selbst«. Denn »indisch aufgefaßt«, sagt Hesse, »im Sinn der ganzen vorbuddhistischen Philosophie, ist mein Nächster nicht nur ›ein Mensch wie ich‹, sondern er ist Ich, er ist mit mir eins, weil die Trennung zwischen ihm und mir, zwischen Du und Ich, nur Täuschung ist, nur ›Maya‹. Mit dieser Deutung ist auch der ethische Sinn der Nächstenliebe völlig ausgeschöpft. Denn wer erst eingesehen hat, daß die Welt eine Einheit ist, dem ist ohne weiteres klar, daß es sinnlos ist, wenn die einzelnen Teile und Glieder dieses Ganzen einander weh tun.«[20] ... »Ich verstehe unter Frömmigkeit nicht das Pflegen von feierlichen Gefühlen ... sondern vor allem die

19 Aus Briefen vom September 1939 an Kurt Fried vom 7.2.1940 (unveröffentlicht). In H. Hesse, *Gesammelte Briefe*. Dritter Band 1936–1938. Frankfurt am Main 1982, S. 131.

20 Aus einem Brief von Ende April 1948 an W. S. In H. Hesse, *Ausgewählte Briefe*, Frankfurt am Main 1974, S. 254.

Pietät, die Achtung des Einzelnen vor dem Ganzen der Welt, vor der Natur und den Mitmenschen, das Gefühl des Einbezogenseins und Mitverantwortlichseins.«[21] Wer sich darum bemüht, »dem zeigt sich das Überpersönliche und Ganze hinter aller Vereinzelung, der darf sich einbezogen fühlen und vertrauen, dessen Einzelseele kann sich – indisch ausgedrückt – auf die Allseele verlassen.«

Daß sich Hesse trotz der Zumutungen der Zeitgeschichte im Lauf seines Lebens dieses Urvertrauen doch noch bewahren konnte, verdankt er auch der etwa 1910 einsetzenden Beschäftigung mit dem lebensbejahenden Weltbild des alten China. War für Buddha das irdische Leben nur »Maya«, Schein und Illusion, die es durch Abkehr vom Weltleben in einer langen Kette von Wiedergeburten zu überwinden galt, so fand Hesse das seinem Naturell entsprechendere, weniger resignative Lebensmodell in der klassischen Literatur Chinas, insbesondere in der bipolaren Denkweise von Konfuzius und Lao Tse. Hier schien ihm eine hohe Spiritualität und Ethik mit dem »Spiel und Reiz des sinnlichen und alltäglichen Lebens auf glücklichere Weise vereinbart«. In seinem Leitfaden durch die Literaturgeschichte »Eine Bibliothek der Weltliteratur«, den er 1928 anläßlich des hundertjährigen Bestehens des Reclam-Verlags schrieb, bemerkt er dazu: »Was jenen Indern gefehlt hatte, die Lebensnähe, die Harmonie einer edlen, zu den höchsten sittlichen Forderungen entschlossenen Geistigkeit mit dem Spiel und Reiz des sinnlichen und alltäglichen Lebens – das weite Hin und Her zwischen hoher Vergeistigung und naivem Lebensbehagen, das alles war hier in Fülle vorhanden. Wenn Indien in der Askese und im mönchischen Weltentsagen Hohes und Rührendes erreicht hatte, so hatte

21 Aus einem Brief vom 7.5.1935 in H. Hesse, *Ausgewählte Briefe*, a.a.O., S. 144.

das alte China nicht minder Wunderbares erreicht in der Zucht einer Geistigkeit, für welche Natur und Geist, Religion und Alltag nicht feindliche, sondern freundliche Gegensätze bedeuten und beide zu ihrem Recht kommen. War die indisch-asketische Weisheit jugendlich-puritanisch, so war die Weisheit Chinas die eines erfahrenen, des Humors nicht unkundigen Mannes, den die Erfahrung nicht enttäuscht, den die Klugheit nicht frivol gemacht hat.« Hesse lernte sie kennen durch die Monographie seines Vaters über *Lao Tsze, ein vorchristlicher Wahrheitszeuge* (Basel 1914), vor allem aber dank der Übersetzungen Richard Wilhelms (1873–1930), des eigentlichen Begründers der deutschen Sinologie.

Noch kaum untersucht ist Hesses letzte große Begegnung mit asiatischer Spiritualität, mit dem aus Indien über China nach Japan gewanderten Zen-Buddhismus, der sich in seinem Spätwerk und einigen seiner letzten Gedichte niedergeschlagen hat. Wieder war es ein evangelischer Missionar aus Stuttgart, auf den die Pionierarbeit zurückgeht: Hesses drei Jahre jüngerer Cousin Wilhelm Gundert (1880–1971), dem der zweite Teil des *Siddhartha* gewidmet ist. Von 1906 bis 1915 wirkte Gundert, sowohl für die Mission in Tokio als auch im Bezirk Miijata, wo er in enge Berührung mit dem im Volksleben verwurzelten japanischen Buddhismus kam. Nach sieben Jahren als Lehrer an den Hochschulen von Kumamoto und Mito schrieb er seine Dissertation über den »Shintoismus im No-Drama« (1925) und publizierte zwei Standardwerke über Japanische Literatur- und Religionsgeschichte (1929 bzw. 1935). Bis 1936 Leiter des Japanisch-deutschen Kulturinstitutes in Tokio, kehrte er nach Deutschland zurück, um eine Professur für japanische Kultur und Sprache an der Universität Hamburg zu übernehmen. 1954, nach einer Begegnung mit dem bedeutenden Zen-Gelehrten Daisetzu Suzuki, nahm Gundert die Arbeit an seinem Hauptwerk, der bereits einige

Jahre zuvor begonnenen Übersetzung und Erläuterung des *Bi Yaen Lu* wieder auf, dieser aus dem elften Jahrhundert stammenden »Bibel des Zen-Buddhismus«, die 1960 und 1967 zweibändig im Münchner Hanser-Verlag erschien. Es ist die älteste und originellste Sammlung von Anekdoten aus dem frühen chinesischen Zen-Buddhismus und seit dem von Richard Wilhelm verdeutschten *I Ging* die größte Aneignung asiatischen Wissens durch den abendländischen Geist.

Hesse hat diese Arbeit mit großem Interesse und kritischem Zuspruch verfolgt. Bei jedem Besuch Wilhelm Gunderts in Montagnola mußte dieser ihm aus dem Manuskript vorlesen, und es kam dabei zu einem produktiveren Dialog, als Hesses Berichte es vermuten lassen. So zum Beispiel entschloß sich sein Vetter 1954, nachdem er Hesse den Beginn seiner Arbeit vorgelesen hatte, die bis dahin auf 32 Kapitel gediehene Übersetzung zu verwerfen und die Arbeit ganz neu und noch originalgetreuer zu konzipieren.[22] Dieses Beispiel zeigt einmal mehr, daß der Dichter keinem vagen Orientalismus, also einer Konstruktion des Ostens nach westlichen Vorstellungen, huldigte, sondern gerade auch das Fremde in dessen Eigenart schätzte als selbständige und fruchtbare Alternative zu den allzu dominanten Denkgewohnheiten des Westens. Schon ein Jahr vor Ausbruch des Ersten Weltkrieges hatte Hesse in der Wiener Zeitung »Die Zeit« betont, daß wir uns freuen sollten »auf der anderen Hälfte der Erdkugel einen so festen und respektablen Gegenpol zu besitzen. Es wäre töricht, zu wünschen, die ganze Welt möchte mit der Zeit europäisch oder chinesisch kultiviert werden; wir sollten aber von diesem fremden Geist lernen und den fernsten Osten ebenso zu unseren Lehrern rechnen, wie

22 Irmgard Yu-Gundert, »Wilhelm Gundert. Mittler zwischen Ost und West«, in: »Hermann Gundert – Dialog der Kulturen«, Ulm 1993, S. 45–53.

wir es seit Jahrhunderten mit dem westasiatischen Orient getan haben. Und wenn wir Konfuzius lesen, der fünfhundert Jahre vor Christus gelebt hat, so sollen wir ihn nicht als ein verschollenes Kuriosum untergegangener Zeiten betrachten, sondern daran denken, daß seine Lehre dies große Reich durch zwei Jahrhunderte erhalten und gestützt hat ... Laotse soll uns nicht das Neue Testament ersetzen, aber er soll uns zeigen, daß Ähnliches auch unter anderem Himmel und früher schon gewachsen ist, und das soll unseren Glauben an die Internationalität und Kulturfähigkeit stärken.«[23]

Solche Äußerungen waren der Grund für die vielen Anfeindungen, denen Hesse immer wieder besonders aus kirchenchristlichen Kreisen ausgesetzt war. Noch 1956 reagierte er darauf: »Wenn ich irgendwo auf besonders kräftige Ablehnung, auf instinktiven Haß oder prinzipielles Nichtverstehen stoße, so gilt diese Ablehnung beinahe immer dem Einschlag von alt-asiatischem Geist, den man in meinen Erzählungen findet. Nun, diese Furcht vor dem Fremden, Nicht-Europäischen und der indischen und chinesischen Lebens- und Denkart ist nach meinem Glauben dasselbe wie jeder Rassenwahn und Rassenhaß. Etwas Bekanntes, historisch und psychologisch Begreifliches, aber etwas Rückständiges, nicht mehr Lebenbringendes. Unterstützt wird diese Rückständigkeit nicht nur durch den Fortschritts- und Technik-Enthusiasmus des Abendlandes, sondern auch durch den Anspruch des kirchlich-dogmatischen Christentums auf Allgemeingültigkeit.«[24]

Das Positive der Kulturen zusammenzuführen und es in einer Lebenspraxis zu verbinden, die den Herausfor-

23 »Chinesen«, SW 13, a.a.O., S. 325. Erstdruck in »Die Zeit«, Wien, August 1913.

24 »Richard Wilhelm«, SW 20 »Die Welt im Buch V. Rezensionen und Aufsätze aus den Jahren 1935–1962«, a.a.O., S. 333.

derungen der Zukunft gerecht wird, war von jeher Hesses Anliegen. Es hat ihn in die Lage versetzt, ein Werk zu schaffen und ein Leben zu führen, das keine Trennung zwischen dem Artistischen und Sozialen, dem Ethischen und Ästhetischen zuließ. Seine Gefangenenfürsorge im Ersten Weltkrieg, seine Tätigkeit als Vermittler der Weltliteratur und der Werke seiner zeitgenössischen Kollegen mit etwa 3000 Buchbesprechungen, sein Einsatz für die Emigranten im Zweiten Weltkrieg, die Unterstützung von Bedürftigen aus den Einkünften seiner Malerei und nicht zuletzt mehr als 35 000 Antworten auf Leserbriefe, legen Zeugnis davon ab. Er respektierte die Autonomie der Nationen und Religionen, denn er liebte die Vielfalt, das abwechslungsreiche Spektrum ihrer spirituellen Einheit. Einem Theologen in Weimar schrieb er im März 1952 dazu: »Ja, das indische, römische, jüdische Auge sind, Gott sei Dank, überaus verschieden. Die Nationen, Kulturen, Sprachen mögen alle Bäume sein, aber eine ist eine Linde, eine ein Ahorn, eine eine Fichte etc. Der Geist, sei er nun theologisch gekleidet oder anders, neigt immer ein wenig zu sehr zum Begriff, zur Verflachung, zur Typisierung, er ist mit ›Baum‹ zufrieden, während Leib und Seele mit ›Baum‹ nichts anfangen können, sondern Linde, Eiche, Ahorn brauchen und lieben. Eben darum sind die Künstler vermutlich Gottes Herzen näher als die Denker. Wenn nun Gott sich im Inder und Chinesen anders ausdrückt als im Griechen, so ist das nicht ein Mangel, sondern ein Reichtum, und wenn man alle diese Erscheinungsformen des Göttlichen mit einem Begriff zusammenfassen will, entsteht keine Eiche und keine Kastanie, sondern bestenfalls ein ›Baum‹.« So unterschiedlich ihre Erscheinungsformen auch sind, die entscheidenden Inhalte der Weltreligionen waren für Hesse identisch. In immer neuen poetischen Gleichnissen hat er deshalb gestaltet, was er bei den unterschiedlichsten Kulturen in analogen Bildern und Symbolen ausgedrückt fand: »Der

Inder sagt Atman. Der Chinese sagt Tao. Der Christ sagt Gnade.«[25]

Und merkwürdiges Paradox: Waren seine missionierenden Vorfahren, ja selbst noch Zeitgenossen wie Richard Wilhelm und Wilhelm Gundert ausgezogen, um Indien, China und Japan zu christianisieren, sind sie nach ihren Eindrücken vor Ort zu Indologen, Sinologen und Japanologen geworden. Wie der Missionszögling Hesse haben sie den Weg ihrer Vorläufer in umgekehrter Richtung fortgesetzt und ohne jede Gewalt, allein durch die Überzeugungskraft ihres Werkes und Beispiels das Lebensfördernde der Kulturen Asiens nach Europa und bald darauf in die ganze westliche Welt gebracht. Heute, wo die asiatischen Länder durch ihre Anpassung an den Westen immer mehr an Identität verlieren, darf dies wohl als wünschenswertes Korrektiv gesehen werden.

Volker Michels

25 Aus H. Hesse, *Lektüre für Minuten*. Erstmals erschienen als Privatdruck, Bern 1952, S. 17.

»Indien« im Suhrkamp und Insel Verlag

Romane und Erzählungen

Mircea Eliade. Das Mädchen Maitreyi. Roman. Aus dem Rumänischen von Edith Silbermann.
224 Seiten. Gebunden. it 2234. 204 Seiten

Mircea Eliade. Isabelle und die Wasser des Teufels. Aus dem Rumänischen von Richard Reschika. 224 Seiten. Gebunden

Hermann Hesse. Aus Indien. Aufzeichnungen, Tagebücher, Gedichte, Betrachtungen und Erzählungen. Neu zusammengestellt und ergänzt von Volker Michels. st 562. 384 Seiten

Hermann Hesse. Sehnsucht nach Indien. Erzählungen. st 3793. 164 Seiten.

Hermann Hesse. Siddhartha. Eine indische Dichtung.
- Gesammelte Werke in Einzelausgaben. 128 Seiten. Gebunden
- BS 227. 152 Seiten
- st 182. 136 Seiten
- Romane des Jahrhunderts. st 2931. 192 Seiten
- st 3844. 125 Seiten
- Großdruck. it 2432. 187 Seiten.
- SBB 2. 192 Seiten

Hermann Hesses Indienreise. Eine Moritat. Als Schattenspiel in Verse und Bilder gebracht von Otto Blümel. it 2430. 80 Seiten

NF 562/1/07.06

Rudyard Kipling. Das Dschungelbuch. Aus dem Englischen von Erika Engelmann. Mit einem Nachwort von Dieter Hamblock. it 3169. 232 Seiten

R. K. Narayan. Reifeprüfung. Aus dem Englischen von Ursula Gräfe. 204 Seiten. Gebunden

Shashi Tharoor. Aufruhr. Eine Liebesgeschichte. Roman. Aus dem Englischen von Anke Kreutzer.
336 Seiten. Gebunden. st 3792. 332 Seiten

Shashi Tharoor. Die Erfindung Indiens. Das Leben des Jawaharlal Nehru. Aus dem Englischen von Peter Knecht. Mit Abbildungen. 312 Seiten. Gebunden

Shashi Tharoor. Der große Roman Indiens. Aus dem Englischen von Anke Kreutzer. st 2867. 659 Seiten

Shashi Tharoor. Eine kleine Geschichte Indiens. Aus dem Englischen von Max Looser. st 3678. 432 Seiten

O. V. Vijayan. Die Legenden von Khasak. Aus dem indischen Englisch von Ursula Gräfe. 236 Seiten. Gebunden

Josef Winkler. Domra. Am Ufer des Ganges.
259 Seiten. Gebunden. st 3094. 283 Seiten.

Josef Winkler. Leichnam, seine Familie belauernd.
es 2442. 160 Seiten.

NF 562/2/07.06

Philosophie und Religion

Buddha für Gestreßte. Herausgegeben von Ursula Gräfe. it 2594. 134 Seiten

Mircea Eliade. Yoga. Aus dem Französischen von Inge Köck. st 1127 und it 3001. 515 Seiten

David Kinsley. Die indischen Göttinnen. Aus dem Amerikanischen von Rainer Grafenhorst. it 2616. 367 Seiten

Raimundo Panikkar. Rückkehr zum Mythos. Aus dem Englischen von Bettina Bäumer. 251 Seiten. Gebunden und it 1386

Octavio Paz. Im Lichte Indiens. Aus dem Spanischen von Rudolf Wittkopf. 202 Seiten. Gebunden und BS 1308

Heinrich Zimmer. Philosophie und Religion Indiens. Aus dem Englischen und herausgegeben von Lucy Heyer-Grote. stw 26. 544 Seiten

Gandhi

Thomas Eberling. Mahatma Gandhi. Mit zahlreichen Abbildungen. sb 19. 160 Seiten

Mahatma Gandhi. Mein Leben. Aus dem Englischen von Hans Reisinger. Herausgegeben von C.F. Andrews. st 953. 298 Seiten

Mahatma Gandhi. Was ist Hinduismus? Aus dem Englischen von Ursula Gräfe. it 3206. 140 Seiten

Gandhi für Gestreßte. Ausgewählt und aus dem Englischen und Hindi von Martin Kämpchen. it 2806. 146 Seiten

NF 562/3/07.06

Gedichte

Indische Liebesgedichte. Übertragen von Friedrich Lückert. Mit einem Nachwort von Martin Kämpchen. it 3173. 143 Seiten

Rabindranath Tagore. Liebesgedichte. Ausgewählt und aus dem Bengalischen übertragen von Martin Kämpchen. it 2988. 112 Seiten

Indische Mythen und Märchen

Bengalische Märchen. Aus dem Bengalischen von Heinz Mode. Herausgegeben von Heinz Mode und Arun Ray. 508 Seiten. Gebunden

Roberto Calasso. Ka. Geschichten von Indiens Göttern. Aus dem Italienischen von Anna Katharina Fröhlich und Marianne Schneider. 478 Seiten. Gebunden. it 3170. 567 Seiten

Die schönsten indischen Märchen. Aus dem Hindi von Margot Gatzlaff und aus dem Bengalischen von Heinz Mode. it 3172. 257 Seiten

Reiseführer

Diana L. Eck. Banāres. Stadt des Lichts. Aus dem Amerikanischen von Bettina Bäumer und Luitgard Soni. Mit zahlreichen Abbildungen. it 3171. 482 Seiten

Indien. Ein Reisebegleiter. Herausgegeben von Martin Kämpchen. Mit Fotografien. it 2996. 256 Seiten

NF 562/4/07.06

Hermann Hesse
im Suhrkamp und im Insel Verlag
Eine Auswahl

Gebundene Sonderausgaben

Demian. Die Geschichte von Emil Sinclairs Jugend. Mit einem Nachwort von Volker Michels. 246 Seiten. Gebunden

Das Glasperlenspiel. Versuch einer Lebensbeschreibung des Magister Ludi Josef Knecht samt Knechts hinterlassenen Schriften. 608 Seiten. Gebunden

Siddhartha. Eine indische Dichtung. Mit einem Nachwort von Volker Michels. 160 Seiten. Gebunden

Der Steppenwolf. Mit Texten und Entwürfen zur Entstehung des Romans. Mit einem Nachwort von Volker Michels. 352 Seiten. Gebunden

Unterm Rad. Erzählung. 214 Seiten. Gebunden

Sonderausgaben mit CD

Mit der Reife wird man immer jünger. Betrachtungen und Gedichte über das Alter. Herausgegeben von Volker Michels. Mit Fotografien von Martin Hesse. Gebundene Sonderausgabe mit CD. st 3551. 192 Seiten

Über das Glück. Betrachtungen und Gedichte. Gebundene Sonderausgabe mit CD. st 3731. 248 Seiten

NF 550/1/3.06

Hermann Hesse Lesebücher
Zusammengestellt von Volker Michels

Eigensinn macht Spaß. Individuation und Anpassung. 204 Seiten. Gebunden. it 2856. 192 Seiten

Die Einheit hinter den Gegensätzen. Religionen und Mythen. 207 Seiten. Gebunden. it 2898. 192 Seiten

Jedem Anfang wohnt ein Zauber inne. Lebensstufen. 207 Seiten. Gebunden. it 2854. 208 Seiten

Das Leben bestehen. Krisis und Wandlung. 208 Seiten. Gebunden. it 2858. 196 Seiten

Das Lied des Lebens. Die schönsten Gedichte. 240 Seiten. Gebunden. it 2859. 256 Seiten

Mit dem Erstaunen fängt es an. Herkunft und Heimat. Natur und Kunst. 206 Seiten. Gebunden. it 2899. 195 Seiten

Mit der Reife wird man immer jünger. Betrachtungen und Gedichte über das Alter. it 2857. 148 Seiten

Wer lieben kann, ist glücklich. Über die Liebe. 223 Seiten. Gebunden. it 2855. 224 Seiten

Betrachtungen und Gedichte

Bäume. Betrachtungen und Gedichte. Mit Fotografien. Ausgewählt von Volker Michels. it 455. 140 Seiten

Die Gedichte. Herausgegeben und mit einem Nachwort von Volker Michels. 700 Seiten. Gebunden. it 2762. 840 Seiten

NF 550/2/3.06

Freude am Garten. Betrachtungen und Gedichte. Mit farbigen Abbildungen. Herausgegeben von Volker Michels. it 2204. 233 Seiten

Gedichte des Malers. Zehn Gedichte mit farbigen Zeichnungen von Hermann Hesse. it 893. 48 Seiten

Hesse für Gestreßte. Herausgegeben von Volker Michels. it 2538. 158 Seiten

Jahreszeiten. Betrachtungen, Gedichte und Aquarelle mit einem Kalendarium. Zusammengestellt von Volker Michels. it 2339. 144 Seiten

Lektüre für Minuten. Gedanken aus seinen Büchern und Briefen. Auswahl und Nachwort von Volker Michels. 295 Seiten. Gebunden

Liebesgedichte. Ausgewählt von Volker Michels. it 2826. 124 Seiten

Mit Hesse durch das Jahr. 128 Seiten. Gebunden

Schmetterlinge. Betrachtungen, Erzählungen, Gedichte. Zusammengestellt von Volker Michels. Mit farbigen Illustrationen. Großdruck. it 2424. 160 Seiten

Stufen. Ausgewählte Gedichte. BS 342. 256 Seiten

Stufen des Lebens. Briefe. IB 1231. 120 Seiten

Wunder der Liebe. Liebesgedichte. Herausgegeben und mit einem Nachwort von Volker Michels. it 2263. 125 Seiten

NF 550/3/3.06

Wege nach Innen. 25 Gedichte. Ausgewählt und mit einem Nachwort von Siegfried Unseld. IB 1212. 80 Seiten

Hermann Hesse als Maler

Farbe ist Leben. Eine Auswahl seiner schönsten Aquarelle. Vorgestellt von Volker Michels. it 1810. 173 Seiten

Magie der Farben. Aquarelle aus dem Tessin. Mit Betrachtungen und Gedichten. Auswahl und Nachwort von Volker Michels. it 482. 128 Seiten

Spiel mit Farben. Der Dichter als Maler. Mit etwa 300 Aquarellen von Hermann Hesse. Herausgegeben von Volker Michels. 276 Seiten. Gebunden

Hermann Hesse in der Suhrkamp BasisBibliothek
Mit einem Kommentar von Heribert Kuhn

Demian. Die Geschichte von Emil Sinclairs Jugend. SBB 16. 240 Seiten

Narziß und Goldmund. Erzählung. SBB 40. 408 Seiten

Siddhartha. Eine indische Dichtung. SBB 2. 192 Seiten

Der Steppenwolf. SBB 12. 312 Seiten

Unterm Rad. Erzählung. SBB 34. 288 Seiten

NF 550/4/3.06

Briefe und Briefwechsel

Ausgewählte Briefe. Erweiterte Ausgabe. Zusammengestellt von Hermann Hesse und Ninon Hesse. st 211. 567 Seiten

Briefe an Freunde. Rundbriefe 1946–1962 und späte Tagebücher. Herausgegeben von Volker Michels. it 2642. 299 Seiten

Gesammelte Briefe. Vier Bände in Kassette. In Zusammenarbeit mit Heiner Hesse herausgegeben von Ursula und Volker Michels. 2322 Seiten. Gebunden

Hermann Hesse. »Liebes Herz!« Briefwechsel mit seiner zweiten Frau Ruth. Herausgegeben von Ursula und Volker Michels. Mit Abbildungen. 644 Seiten. Gebunden

Hermann Hesse. »Die dunkle und wilde Seite der Seele« Briefwechsel mit seinem Psychoanalytiker Josef Bernhard Lang. 1916–1945. Herausgegeben von Thomas Feitknecht. Mit Abbildungen. 442 Seiten. Gebunden

Ninon Hesse. »Lieber, lieber Vogel«. Briefe an Hermann Hesse. Herausgegeben von Gisela Kleine. Mit Abbildungen. 620 Seiten. Gebunden. st 3373. 619 Seiten

Hermann Hesse/Hugo Ball und Emmy Ball-Hennings. Briefwechsel 1921–1927. Herausgegeben und kommentiert von Bärbel Reetz. 616 Seiten. Gebunden

Hermann Hesse/Rudolf J. Humm. Briefwechsel. Herausgegeben von Ursula und Volker Michels. Mit acht Fotografien. 344 Seiten. Gebunden

NF 550/5/3.06

Hermann Hesse/Thomas Mann. Briefwechsel. Herausgegeben von Anni Carlsson und Volker Michels. Mit Fotografien und Abbildungen. 378 Seiten. Gebunden

Hermann Hesse und die Literatur

Dank an Goethe. Betrachtungen, Rezensionen, Briefe. Mit einem Essay von Reso Karalaschwili. Neu zusammengestellt von Volker Michels. it 2250. 213 Seiten

Eine Literaturgeschichte in Rezensionen und Aufsätzen. Herausgegeben von Volker Michels. st 252. 600 Seiten

Die Welt der Bücher. Betrachtungen und Aufsätze zur Literatur. Zusammengestellt von Volker Michels. st 415. 373 Seiten

Die Welt im Buch. Herausgegeben von Volker Michels
- Leseerfahrungen I. Rezensionen und Aufsätze aus den Jahren 1900–1910. 640 Seiten. Gebunden
- Leseerfahrungen II. Rezensionen und Aufsätze aus den Jahren 1911–1916. In Zusammenarbeit mit Heiner Hesse. 807 Seiten. Gebunden
- Leseerfahrungen III. Rezensionen und Aufsätze aus den Jahren 1917–1925. In Zusammenarbeit mit Heiner Hesse und Marco Schickling. 806 Seiten. Gebunden
- Leseerfahrungen IV. Rezensionen und Aufsätze aus den Jahren 1926–1934. In Zusammenarbeit mit Heiner Hesse und Marco Schickling. 770 Seiten. Gebunden
- Leseerfahrungen V. Rezensionen und Aufsätze aus den Jahren 1935–1962. In Zusammenarbeit mit Heiner Hesse und Marco Schickling. 683 Seiten. Gebunden

NF 550/6/3.06